Jens Hildebrand & Gregor Staub

Die Megamemory-Kids und die versunkene Pyramide

die MEGA MEMORY kids

... und die versunkene Pyramide

Jens Hildebrand & Gregor Staub

HILDEBRAND & SONS
PUBLISHING

Texte: © Copyright 2019 by Jens Hildebrand
Design: © Copyright 2019 by Daniel Hildebrand
Zeichnungen: © Copyright 2019 by Jutta Hildebrand
Verlag: Hildebrand & Sons Publishing,
Jutta Hildebrand, Merzenich
Herstellung: BoD – Books on Demand, Norderstedt

ISBN 978-3-948669-00-3

Bibliografische Information der Deutschen Nationalbibliothek: Die Deutsche Nationalbibliothek verzeichnet diese Publikation in der Deutschen Nationalbibliografie; detaillierte bibliografische Daten sind im Internet über dnb.dnb.de abrufbar.

— Prolog —

Zentralamerika, 1562 n. Chr.

Der Hohepriester schaute den langen, dunklen Gang hinunter. Der Schein seiner Fackel zuckte über die roh behauenen Steinblöcke, aus denen sein Volk diese Pyramide unter größter Anstrengung erbaut hatte. Er war stolz auf ihre Leistung und auf die Opfer, die sie dabei gebracht hatten. Treu hatten sie seine Befehle und die des Königs befolgt, ohne zu wissen, zu welchem Zweck die Pyramide überhaupt errichtet wurde. Sie ahnten nur, dass es etwas mit den hellhäutigen Fremden zu tun haben musste, die schon vor vielen Jahren an der Küste gelandet waren und seitdem versucht hatten, die eingeborenen Völker zu unterwerfen – erst durch Krieg, dann durch schlaues Verhandeln.

Aber er, der Hohepriester, hatte die Gefahr gesehen. Er hatte prophezeit, was eines Tages geschehen würde, doch um Ruhe und Frieden zu bewahren, hatte er seine Prophezeiung nur dem König selbst verkündet. Dieser hatte in seinen Plan eingewilligt, die letzte Pyramide zu erbauen, welche die Angehörigen seines Volkes jemals errichten würden – um ihren größten Schatz zu bewahren, bevor er in die Hände der fremden Eroberer fallen konnte.

Der Hohepriester horchte in die Dunkelheit. Noch schien alles still, doch es konnte nicht mehr lange dauern. Er hatte die Erschütterung gespürt, als die Eindringlinge das erste Tor, das ins Innere der Pyramide führte, geöffnet hatten. Das neueste Gerücht hatte besagt, dass der mächtige Bischof der Spanier erbost über das Volk des Hohepriesters war, weil es seinen Glauben nicht aufgeben wollte. Deshalb hatte der Bischof seine Leute ausgeschickt, damit sie seinen vernichtenden Auftrag ausführten.

Der Hohepriester spürte einen Luftzug im Gesicht. Die Fackel in seiner Hand flackerte, warf gespenstische Schatten seines Federschmucks auf die rauen Wände. Im nächsten Moment hörte er vom Ende des Gangs das Echo fremder Stimmen, das schnell lauter wurde.

Er hatte Recht behalten. Sie waren hier, schlau und mutig genug, auch die zweite und die dritte Hürde zu überwinden. Aber weiter würden sie nicht kommen.

Er legte einen Hebel um, der einen komplizierten, fast lautlosen Mechanismus in Gang setzte. Wie von unsichtbarer Hand schloss sich die Wand hinter ihm, bis von dem Eingang, der in das Allerheiligste der

Pyramide führte, nicht die geringste Spur mehr zu sehen war.

Der Hohepriester betete zu seinen Göttern, dass eines Tages würdigere Menschen den geheimen Schatz seines Volkes entdecken würden, ließ seine Fackel fallen und trat sie aus. Er tat einen Schritt zur Seite, hinein in einen tiefen, lichtlosen Schacht, und verschwand für immer in der Dunkelheit.

— 1. Kapitel: Eier an den Füßen —

Deutschland, heute

Lisa Forster war eben von der Arbeit heimgekommen und ging gerade die Post durch, als sie ihre Kinder die Einfahrt hinaufkommen hörte. Die Unterhaltung der beiden hörte sich sehr seltsam an:

"Was hast du an deinen Füßen?", fragte Finn.

"Zwei Kartons mit Eiern!", antwortete Emily.

"Und an deinen Knien?"

"Zwiebeln!"

"In den Taschen an deinen Oberschenkeln?"

"Mehl."

"In den hinteren Hosentaschen?"

"Karotten!"

Finn lachte. "Die gehen übrigens kaputt, wenn du dich hinsetzt. Okay, und an deinem Bauch?"

"Meine Brille, die repariert werden muss", sagte Emily. "Jetzt bin ich dran. Was ist auf deiner Brust?"

Finn lachte wieder. "Eine Salami!"

"An deinem Hals?"

"Rasiercreme."

"Auf deiner Schulter?"

"Eine Zahnbürste."

"Auf deinem Gesicht?"

"Eh, Moment ... Reiskörner!"

"Und auf deinem Kopf?"

"Zahnpasta."

Damit lachten sie beide und kamen zur Tür herein.

"Was war denn das?", fragte ihre Mutter, während die beiden ihre Schultaschen ablegten.

"Was meinst du?", fragte Emily.

"Na eure Unterhaltung über Eier an den Füßen und Karotten und ... Zahnbürsten?"

"Ach, du meinst die Einkaufsliste", sagte Finn.

"Ihr wollt für mich einkaufen? Das finde ich aber nett", erwiderte seine Mutter und grinste.

"Nicht ganz, Mama", warf Emily ein. "Heute war doch Greg Ohrstaub in der Schule, der Gedächtnistrainer. Er hat uns beigebracht, wie man sich ganz leicht zehn Sachen merken kann, zum Beispiel wenn man einkaufen geht."

"Ach ja, ich erinnere mich an den Elternbrief. Ging es nicht auch darum, sich Zahlen zu merken?"

Emily rutschte auf die Essbank in der Küche und nickte. "Ja, das war auch cool. Und wir haben die letzten zehn amerikanischen Präsidenten gelernt, in weniger als fünf Minuten!"

"Wie funktioniert das denn so schnell?"

"Wir haben die Namen immer mit verschiedenen Stellen in der Aula verbunden. Warte, ich probier's mal." Emily schloss die Augen, um sich zu konzentrieren.

"Und ich kontrolliere!", sagte Finn, setzte sich ebenfalls an den Küchentisch und zückte sein Handy. "Also, der erste Präsident war ..."

Emily atmete tief durch. "Der erste ... ehm ..."

"Da hat er auf die Tafel gehauen, und die war aus ..."

"Eisen! Genau, Eisenhower!"

"Okay, weiter."

"Ich weiß schon, ich weiß schon", sagte Emily wild gestikulierend, die Augen geschlossen haltend. "Kennedy, Johnson, Ford ..."

"Oh!", sagte Finn laut.

Emily öffnete die Augen. "Was ist los? Ich bin ganz sicher ..."

"Habt ihr das gesehen?", fragte er.

Ihre Mutter, die sich gerade ein Glas Wasser einschütten wollte, hielt inne. "Was denn?"

"Die neueste Schlagzeile, in der Rubrik Wissenschaft: "*Versunkene Pyramide in Yucatán entdeckt!*"

"Oh Gott, wer interessiert sich denn für sowas?", stöhnte Emily.

"Ich! Und Papa!"

"Aber doch nicht zwei Tage vor den Sommerferien." Emily schüttelte den Kopf.

Finn grinste wieder. "Nur, weil du es nicht abwarten kannst, die Ferien im Sommerbad zu verbringen ... mit Torben."

Emilys Gesicht wurde rot, aber nur ein bisschen. "Und wenn ich dich mitnehme und dir verspreche, dass Julia auch da sein wird?"

"Ähm ..." Jetzt wurde Finn rot.

"Aha." Emily sah ihre Mutter an. "Wo ist überhaupt Yucátan? Das klingt nicht nach Ägypten oder so."

"Nein, Schatz, das ist eine große Halbinsel an der Ostküste Mittelamerikas. Zwischen der Karibik und dem Golf von Mexiko."

"Ah, okay. Und wer hat da Pyramiden gebaut? Waren das die Azteken oder die Maya oder die ... wie heißen sie noch … die Inka?"

"Die Maya", half Finn und wandte sich an seine Mutter. "In Mexiko hat Papa noch nicht geforscht, oder?"

"Nicht in den letzten Jahren, aber als Student. Er hat damals eine Arbeit über die Bauten der Maya geschrieben, aber an die Einzelheiten erinnere ich mich nicht mehr."

Finns Handy piepte. "Hey, da kommt schon wieder eine Meldung im Newsticker. Das scheint eine große Sache zu sein. Ich mach mal den Fernseher an."

Emily verdrehte die Augen, aber Finn ließ sich nicht beirren und lief ins Wohnzimmer. Er schaltete das Gerät ein und ging auf den ersten Nachrichtensender, und schon erschienen auf dem Bildschirm verschwommene Luftaufnahmen von Ruinen im Regenwald. Dazu berichtete eine Sprecherin:

"Nach ersten Informationen liegt der bisher unentdeckte Komplex von Ruinen in einer der unzugänglichsten Regionen des Regenwalds. Keine Straße führt in diese Gegend und die nächste Siedlung ist mehr als sechzig Kilometer entfernt."

"Man sieht ja gar keine Pyramide", sagte Emily, die dazukam und sich aufs Sofa legte. "Nicht mal irgendwelche Umrisse."

"Vielleicht ist sie eingestürzt?", sagte ihre Mutter, die ebenfalls zusah.

"Und was soll an der Entdeckung dann so besonders sein?"

"Psssst", machte Finn, "bitte."

"Der genaue Ort der Entdeckung", fuhr die Sprecherin fort, "ist immer noch ein Geheimnis, aber zwei Fakten haben wir: Nach Einschätzung des Expeditionsteams liegt die Pyramide zu einem großen Teil unter der Erde, so dass man noch gar nicht abzuschätzen kann, wie groß sie wirklich ist. Und: Im Vergleich zu allen anderen bekannten Ruinen der Maya ist sie sehr jung, höchstens fünfhundert Jahre alt." Das ist die eigentliche Sensation an dieser Entdeckung!"

"Wow", sagte Finn.

"Vielleicht haben die Maya die Pyramide absichtlich so gebaut, um sie zu verstecken", sagte Emily.

"Das ist ein hochinteressanter Gedanke!", kam eine aufgeregte Stimme von der Küchentür.

"Hallo, Schatz!", sagte ihre Mutter, "wir haben dich gar nicht reinkommen hören."

Alexander Forster trat durch die Tür. Er war hochgewachsen und schlank, fast dünn, und sah ziemlich genauso aus, wie man sich einen Universitätsprofessor vorstellt, mit Cordhose und leicht verknittertem Hemd und Brille. Das einzig Ungewöhnliche an ihm war der Strohhut, den er stets trug, sommers wie winters.

Er stellte seine Aktentasche ab und deutete etwas hektisch auf den Fernseher. "Ihr habt es also schon gehört. Ist das nicht herrlich?"

"Ja, total cool", sagte Finn.

"Cool, okay", erwiderte Emily und machte ihr kritisch-fragendes Gesicht. "Aber was genau meinst du mit *herrlich,* Paps?"

"Na also, dass Professor Lopez die Ruinen entdeckt hat und unsere Abteilung eingeladen hat, nach Mexiko zu fliegen und bei den Ausgrabungen zu helfen, und dass unser Dekan dazu grünes Licht gegeben hat, und dass … dass …"

"... und dass jetzt Ferien sind und wir mitkommen können!", rief Finn.

Alexander Forster strahlte. "Genau! Herrlich!"

"Ihr macht wohl Witze", blitzte Emily.

"Du musst ja nicht mitkommen", schoss Finn zurück.

"Langsam, immer mit der Ruhe", sagte ihre Mutter und wandte sich an ihren Mann, der sich in einen der Sessel fallen ließ. "Wann sollst du denn aufbrechen?"

"Einen Moment." Er holte sein Handy hervor und tippte darauf herum. "Wo haben wir es ... ah, da. Der Flieger geht Freitagnachmittag."

"Hah", rief Finn, "das passt genial."

"Und meinst du nicht, dass die Kinder dich bei der Arbeit stören würden?"

Bevor Alexander Forster antworten konnte, fuhr Emily auf dem Sofa hoch. "Ihr habt mich noch gar nicht gefragt, ob ich überhaupt mitkommen will! Ich kann doch genauso gut hierbleiben!"

"Du weißt aber auch, dass ich erst in zwei Wochen Urlaub habe", sagte ihre Mutter. "Du wärest dann tagsüber die meiste Zeit alleine hier im Haus. Ich kenne dich, da langweilst du dich nach zwei Tagen."

"Es sei denn, Torben kommt vorbei", sagte Finn.

"Du ..." Emily wollte vom Sofa aufspringen, aber ihr Vater hob die Hand.

"Ahem, Kinder. Ich habe da vergessen, etwas zu erwähnen."

"Was denn?", fragte Emily ungeduldig.

"Ihr sprecht doch von Torben Hansen, richtig?"

"Jaaa ..."

Ihr Vater nickte. "Herrlich. Er kommt auch mit."

"Wieso das denn?", fragte Finn.

"Weil sein Vater ein großer Spender unseres Instituts ist und mich gebeten hat, ihn mitzunehmen. Also ihn, Herrn Hansen, seinen Sohn und seine Tochter. Wie heißt sie noch?"

"Julia", sagte Emily und sah Finn herausfordernd an. "Na, wie findest du das jetzt?"

"Ich … erm …"

"Ja?"

"Ich finde, das ist Bestechung. Sie dürfen nur mitkommen, weil ihr Vater so viel Geld hat."

"Und wir dürfen nur mitkommen, weil unser Papa bei den Ausgrabungen mitmacht. Wo ist der Unterschied?"

"Papa hat's verdient."

"Der Vater von Julia und Torben auch", gab sie zurück.

Plötzlich grinste Finn wieder. "Dann fährst du doch mit?"

"Was hast du denn gedacht?"

"Herrlich", sagte ihr Vater und stand auf. "Auf nach Yucatán!"

"Aber erst am Freitag", warf seine Frau ein.

"Richtig. Erst mal ausruhen." Er ließ sich in den Sessel zurückfallen und zog sich den Strohhut über die Stirn.

Lisa Forster zwinkerte ihren Kindern zu. "Gut, dass ihr mitfahrt."

"Das habe ich gehört", kam es von unter dem Strohhut.

Eine kleine Pause.
"Du hast wahrscheinlich recht", fügte er hinzu.

— 2. Kapitel: No problema! —

Naturschutzgebiet Calakmul, Mexiko

Der Flug nach Mexiko dauerte viele Stunden. Als die Maschine den offenen Atlantik erreichte, verschwand die Sonne hinter dem Horizont und das Licht in der Kabine erlosch, so dass die Teilnehmer der kleinen Expedition einer nach dem anderen einschliefen. Angesichts dessen, was ihnen bevorstand, war das auch gut so.

Am Morgen des nächsten Tages landete das Flugzeug in Cancún, einer recht großen Stadt an der Ostküste der Halbinsel Yucatán. Alle waren trotz des ruhigen Fluges ziemlich erschöpft, bis auf Herrn Hansen, den Vater von Julia und Torben. Er hatte offenbar zu viel Energie oder schon zu viel Kaffee getrunken und dirigierte die Gruppe, die mit den anderen Passagieren in den Bus zum Flughafengebäude steigen wollte, in eine andere Richtung.

"Hier lang, hier lang!", rief er, wild mit den Armen fuchtelnd. "Es ist alles geregelt, es geht gleich weiter!"

"Wenn er so weitermacht, hebt er gleich ab", flüsterte Finn zu Emily, die nur den Kopf schüttelte.

"Was meint er damit, es geht gleich weiter?", murrte sie. "Gehen wir nicht ins Hotel?"

Julia drehte sich zu ihnen um und sagte begeistert: "Mein Vater hat schon das Flugzeug gemietet, das uns in den Dschungel bringt!"

"Mein Vater hat schon ...", äffte Emily sie nach, nachdem sie sich wieder umgedreht hatte. "Gott, was findest du nur an der?"

"Wer hat denn gesagt–", setzte Finn an, als ihr Vater sich hinter ihnen räusperte.

"Kinder, genießt den Morgen, genießt Mexiko! Das werden aufregende Tage, die ihr nie vergessen werdet, das verspreche ich euch!"

Er hatte keine Ahnung, wie recht er behalten sollte.

Nachdem Herr Hansen sie zu einem kleinen Hangar am Rand des Flughafens geführt und ihre Einreise geregelt hatte, ging es weiter zu einer Propellermaschine. Diese war im Vergleich zu dem Flugzeug, mit dem sie den Atlantik überquert hatten, zwar ziemlich klein, sah aber doch irgendwie sehr cool aus. Wie aus einem alten Abenteuerfilm, dachte Finn. Sogar der Name der Fluglinie schien in einer Schrift aus dem letzten Jahrhundert gemalt.

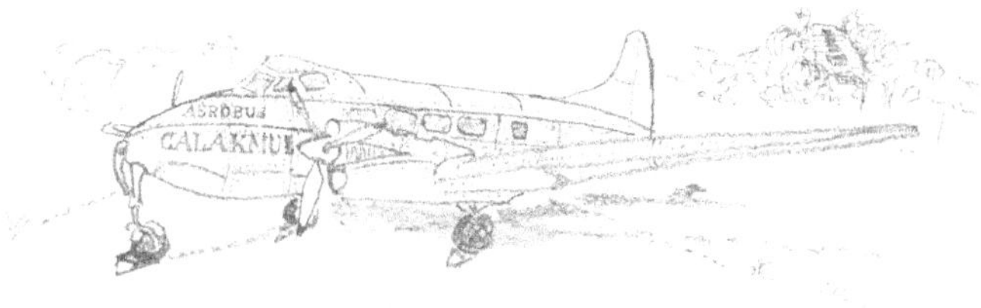

Sie gelangten über eine kleine und sehr schmale Leiter an Bord, während ein sehr alt wirkender Mann in einer ölverschmierten Latzhose damit begann, ihre Koffer einzuladen. Als sie schließlich alle ihre Plätze eingenommen hatten, waren in der kleinen Kabine nur noch zwei Plätze frei. Auf dem einen legte Alexander Forster zwei Taschen mit teurer technischer Ausrüstung ab, die er nicht im Maschinenraum verstauen wollte, auf dem anderen platzierte Herr Hansen seine Fotokamera und einen großen Tropenhelm.

Als sie alle angeschnallt waren und dachten, dass es endlich losging, betrat der alte Mann in der öligen Latzhose die Kabine, stieg vorne ins Cockpit und quetschte sich ächzend in einen der Pilotensessel.

"Der testet bestimmt die Maschinen", sagte Finn.

Genauso war es, im nächsten Moment röhrten die Propeller los und machten eine Weile Lärm, während der alte Mann im Cockpit einige Schalter betätigte. Schließlich schälte er sich wieder aus dem Sitz.

"Gott sei Dank", sagte Julia, "ich dachte schon, das soll der Pilot sein."

"Quatsch", sagte Torben, "denkst du, Papa würde so einen ..."

Er verstummte. Der alte Mann hatte die Kabine betreten, griff jetzt nach der Kabinentür und zog sie zu. Draußen wurde die kleine Treppe weggerollt.

"Aber ...", setzte Julia an.

Der alte Mann quälte sich zurück in den linken Pilotensitz, noch lauter ächzend als vorher.

"Entschuldigen Sie", rief Herr Hansen nach vorn, "wo ist denn der Copilot?"

Keine Reaktion.

"Hallo!", rief Herr Hansen noch lauter. "Sind Sie der Pilot? Wo ist der Copilot?"

Der alte Mann drehte sich langsam um und blinzelte, als wäre es zu hell und er hätte seine Sonnenbrille vergessen. Er machte ein fragendes Gesicht.

Herr Hansen versuchte es mit englischer Aussprache. "Copilot?"

Pepe schüttelte den Kopf. "No copiloto! Está enfermo." Er zeigte auf seinen Bauch und verzog das Gesicht.

"You ...", sagte Herr Hansen, sehr laut und wütend klingend.

Der alte Mann nickte und zeigte auf sich. "Si. Pepe! Piloto!"

"WHAT?"

Der alte Mann zeigte den Daumen nach oben. "Pepe fly fifty years. Fifty years! No problema!"

Damit drehte er sich wieder um, packte den Schubhebel und gab Gas. Es gab einen Ruck und sie rollten los.

"Krass!", sagte Finn.

Emily zuckte nur die Achseln.

"Ist doch herrlich", sagte ihr Vater. "Er heißt Pepe, und er kann fliegen. No problema!"

Weder Emily noch Finn waren ganz sicher, wie er das meinte. Manchmal wusste man das bei ihrem Vater nicht so genau, aber jetzt war das sowieso egal. Das kleine Flugzeug rollte holpernd zur Startbahn, beschleunigte, dass die Propeller heulten und die Kabine bedenklich knarzte, und hob ab.

Einmal in der Luft, gewöhnten sie sich schnell an das Propellergeräusch. Herr Hansen fing an, eine Zeitung zu lesen, die er aus Deutschland mitgebracht hatte, wobei er allerdings immer noch heftig umblätterte. Finn las in einem Buch über die Kultur der Maya, das ihm sein Vater gegeben hatte, der wiederum nach wenigen Minuten wieder eingeschlafen war. Emily schaute aus dem Fenster und beobachtete die Welt unter ihnen. Eine Weile war auf der linken Seite noch das Meer zu sehen, das sich aber sehr schnell entfernte. Dann gab es nur noch einen Ozean, der sich grün und endlos unter ihnen erstreckte: den Dschungel. Die Baumkronen waren wie kleine Wellenkämme, zahllos dahinfließend.

Einmal noch öffnete sich der Dschungel und sie sah ein paar Gebäude auf einem kargen Stück Land, wie eine einsame, verlassene Insel ohne Leben.

Im nächsten Moment war schon wieder alles Dschungel, undurchdringlich und geheimnisvoll. Emily fragte sich, was sich unter der dichten Oberfläche aus Blättern und Zweigen alles verbergen mochte. Hatte sie nicht gehört, dass in den Urwäldern Südamerikas immer noch unbekannte Lebensformen entdeckt wurden? Und was war mit den Maya? Wie viele Städte und Pyramiden hatten sie in diesem unendlichen Dschungel errichtet? Und welche Schätze gab es hier zu entdecken?

— 3. Kapitel: In den Dschungel —

Einige Stunden später – Emily war vor einiger Zeit ebenfalls eingeschlafen – ging ein Ruck durch die Kabine. Sie öffnete die Augen und sah, dass die Baumwipfel schnell näherkamen. Das Flugzeug verlor an Höhe, entweder um zu landen oder weil es ein Problem gab. Sie schaute hinüber zu Finn, der aber nicht aufgewacht war. Ob sie Torben fragen sollte, was los war? Aber das war doch voll peinlich …

"Wir sind gleich da", hörte sie ihren Vater sagen, der in dem Sitz hinter Finn saß. "Wir landen."

"Ah, okay. Danke."

Ihr Vater zeigte den Daumen hoch und lächelte. Es war klar, wie sehr er sich auf diese Expedition freute, und Emily spürte, wie lieb sie ihn hatte. Auch wenn sie sich nicht so richtig vorstellen konnte, dass sie selbst Spaß an der Ausgrabung haben würde. Aber vielleicht wurde es ja doch ganz interessant mit den anderen. Mit Julia würde sie schon fertig werden.

Sie landeten auf einem Flugplatz, der aus nicht viel mehr bestand als aus einer langen Start- und Landebahn mit kurz geschnittenem Gras, einem

Parkplatz für ein paar Flugzeuge (mit sehr hohem Gras) und einer Holzhütte, die nicht so aussah, als ob sie den nächsten Sturm überstehen würde. Inzwischen war es Nachmittag und die Hitze wie eine dicke, unsichtbare Wolke. Dem alten Pepe schien das nichts auszumachen, er lud fröhlich pfeifend ihre Koffer aus und schien kaum zu schwitzen dabei. Herr Hansen gab ihm ein paar Geldscheine, während auf der kleinen Zufahrtsstraße ein kleiner Bus auftauchte.

"Ist das unser Taxi?", fragte Finn.

Torben nickte. "Bestimmt. Komm, wir laden die Koffer ein."

"Was meinst du", fragte Julia an Emily gewandt, "welche Farbe das Teil mal hatte?"

Emily studierte den Bus, schüttelte den Kopf. "Keine Ahnung. Das sieht aus wie eine Mischung aus Rost und Dreck mit Schlammspritzern."

"Mayanisch-matschig", sagte Julia und hob ihren Koffer hoch, bevor Finn ihr helfen konnte.

Herr Hansen gab Pepe noch etwas Trinkgeld, der sich so darüber freute, dass er auf dem Weg zurück in sein Flugzeug sogar zu singen anfing. Kurz darauf holperte der kleine Bus mit der Reisegruppe über eine schmale Straße, die nicht asphaltiert war und im Wesentlichen aus zwei tiefen Rinnen in getrocknetem Schlamm bestand, und hielt nur fünf Minuten später in der Mitte eines kleinen Ortes. Der Marktplatz war wie leergefegt. Offenbar waren die

Menschen, die hier lebten, klug genug, sich in dieser Hitze nicht nach draußen zu begeben. In der Ecke des Platzes lag ein kleines Hotel, in dem Herr Hansen vier der acht Zimmer gebucht hatte: Einzelzimmer für sich und Alexander Forster sowie jeweils ein Doppelzimmer für die Mädchen und die Jungs.

Aber es gab ein Problem: Ein reicher Amerikaner hatte dem Hotelbesitzer mehr Geld geboten, so dass nur noch zwei Zimmer übrig waren: eins für die Väter und eins für die Kids, in dem zwischen den zwei Etagenbetten so wenig Platz war, dass höchstens ein paar Schuhe dazwischen passte (aber nicht Herrn Hansens Schuhe).

Dieser beschwerte sich laut und deutlich und mit immer röter werdendem Kopf, aber es half nichts. Die schönen Zimmer bekamen die Amerikaner, obwohl sie noch gar nicht eingetroffen waren.

Am nächsten Morgen schliefen sie alle etwas länger als geplant und trafen sich erst um 11 Uhr in der Eingangshalle des Hotels. Es war schon sehr warm, und weil die Bedienung im Frühstücksraum angekündigt hatte, dass es heute sehr heiß werden würde,

("Achicharrante! Achicharrante!", hatte sie gesagt)

trugen alle kurzen Hosen, bis auf Herrn Hansen, der ursprünglich im Anzug zum Frühstück erschienen war und kurz vor dem Platzen zumindest sein Jackett abgelegt hatte. Alexander Forster hatte mit Hilfe von Emily und Finn einige Koffer und Tragetaschen mit heruntergebracht, in denen sich seine Ausgrabungsinstrumente und technischen Geräte befanden. Gemeinsam verließen sie nun das Hotel – und waren plötzlich in einer anderen Welt.

Der Marktplatz war voller Menschen und Stände, die alle möglichen Waren anboten, vor allem Essbares. Und da der Geländewagen, der sie zur Ausgrabungsstätte bringen sollte, auf der anderen Seite des Platzes stand, konnten sie alles betrachten, so gut das in diesem lebhaften Treiben möglich war. Es gab riesige Avocados, Zwiebeln, Knoblauch, unzählige Sorten Chili und weitere Früchte, die sie nicht kannten. Einheimische Frauen formten mit lautem, rhythmischem Klatschen Tortillas, die in großen Blechpfannen gebacken wurden, dazu wurden Kräuter und Saucen der verschiedensten Art angeboten. Die Mischung all der Düfte war einfach herrlich. An dem letzten Stand, den sie passierten, gab es Kakao, den eine ältere Frau aus ganz frischen Bohnen zubereitete. Sie verstand kein Wort Englisch, ließ sich aber nicht davon abhalten, die vier Kids probieren zu lassen.

Finn verzog das Gesicht. "Das Zeug ist ja total bitter!"

"Das ist kein Zeug", sagte Emily grinsend, "sondern mexikanischer Kakao. Wo sind nur deine Manieren?"

"Futsch. Ich bin verbittert."

"Sehr witzig."

"Tiene azúcar?", fragte Julia, wobei sie das Z irgendwie komisch aussprach.

"Si, si." Die alte Frau lachte, entblößte dabei ihre letzten drei Zähne und zeigte auf einen Topf mit braunen Klümpchen. Finn tat eins in seinen Kakao, bekam ein Holzstäbchen zum Rühren und probierte dann noch einmal. Seine Augen wurden immer größer.

"Hammerlecker!"

Die alte Frau lachte wieder, doch im selben Moment ertönte hinter ihnen ein fürchterliches Husten. Herr Hansen hatte von einer der Chili-Soßen probiert. Sein Kopf war schon wieder ganz rot und der Schweiß lief ihm in Bächen von der Stirn. Torben und Julia liefen zu ihm und klopften ihm auf den Rücken, aber das half nichts.

Emily wurde am Arm angestupst. "Aquí! Aquí!"

Es war die alte Kakao-Verkäuferin, die ihr einen Becher Milch hinhielt und auf Herrn Hansen zeigte. "La leche ayuda! La leche!"

"Okay danke, äh … gracias!", rief Emily, schnappte den Becher und brachte ihn zu Herrn Hansen. Der konnte nicht sprechen, verstand aber und trank, immer weiter.

"Uii", schnaufte er anschließend und musste ein bisschen über sich selbst lachen. "Was war denn das für ein Teufelszeug?"

Der Verkäufer hinter dem Soßenstand zuckte die Schultern und sagte nur: "Habanero diabólico!" (Wobei er das H nicht aussprach.)

Herr Hansen schluckte den letzten Rest Milch. "Na, der Name passt."

Er gab der Kakao-Verkäuferin den Becher zurück, bedankte sich und wischte sich den Schweiß von der Stirn. Während sie auf die Jeeps zugingen, fragte Torben an Julia gewandt: "Wieso passt denn der Name?"

Sie verdrehte die Augen. "Na ist doch logisch."

"Nein."

"Wieso nicht?"

"Solange ich nicht weiß, was *habanero tralala* heißt, ist es nicht logisch", erwiderte er trotzig.

"*Habanero* ist die Sorte Chili", erklärte Emily, "und *diabólico* klingt so ähnlich wie *diabolisch,* also heißt das so viel wie teuflisch."

"Genau", sagte Julia anerkennend und wandte sich wieder an ihren Bruder. "Na, jetzt logisch?"

"Echt scharf."

"Blödmann."

"Eingebildete–"

Der Geländewagen, der hinten eine große offene Fläche hatte, wurde mit lautem Knall gestartet. Eine riesige Wolke schoss aus dem Auspuff, der Motor stotterte, der Fahrer gab ein paar Mal Gas und der Wagen lief, spuckte aber weiter Qualm aus.

"Ah, ein Land Rover", sagte Alexander Forster. "Herrlich!"

Emily und Finn sahen sich nur an, zuckten die Schultern und halfen ihm, die Gerätschaften aufzuladen.

Die Fahrt führte zunächst durch die kleine Straße vom Marktplatz weg und zwischen den Häusern hindurch. Die allermeisten sahen sehr einfach aus, schienen aus Lehm gebaut und hatten oft gar keine Fenster, nur Vorhänge.

Emily, Finn, Julia und Torben saßen auf zwei kleinen Sitzbänken auf der offenen Ladefläche, zwischen sich die Taschen und Koffer ihres Vaters. Sie hatten gedacht, dass die Fahrt nur sehr kurz sein würde, aber Herr Hansen meinte (immer noch mit kratziger Stimme), dass sie mindestens eine halbe Stunde unterwegs sein würden. Zuerst vertrieben sie sich die Zeit damit, den Urwald zu beiden Seiten der Straße zu betrachten, der aber im Moment noch aus nichts anderem bestand als aus dichten Bäumen. Und da der Land Rover solch einen Lärm machte, konnten sie keine Geräusche aus dem Wald hören, und so sehr sie auch aufpassten, bisher hatten sie kein einziges Tier gesehen.

"Kein Wunder", sagte Torben, "die Viecher hören uns ja schon aus drei Kilometern kommen."

"Okay", sagte Emily, "ich habe eine Idee, damit uns nicht langweilig wird. Julia, du kannst doch Spanisch, oder? Zumindest ein bisschen?"

Julia nickte. "Ja, aber nur, was ich so auf den Reisen gelernt habe. Ich spreche das jetzt nicht fließend oder so."

"Ja klar, kein Problem", sagte Emily. "Erinnert ihr euch an die Körperliste von Greg Ohrstaub?"

"Klar", sagte Torben. "In den Schuhen sind Eier, an den Knien Zwiebeln ..."

"Und an den Oberschenkeln Mehl, in den hinteren Hosentaschen Karotten ...", ergänzte Finn.

"Ja ja, aber erinnert ihr euch, dass er gesagt hat, dass man mit der Liste auch Vokabeln lernen kann?"

"Hey cool", sagte Julia, "das stimmt!"

"Also, welche spanischen Wörter haben wir bis jetzt gelernt?", fragte Emily.

Sie überlegten kurz gemeinsam, während Emily – so gut das auf der holprigen Straße ging – mit einer App auf ihrem Handy Notizen machte.

Am Ende kamen sie auf diese Liste:

gracias	danke
el esta	er ist
achicharrante	sehr heiß (Wetter)
Tiene...?	Haben Sie...?
azúcar	Zucker
aquí	hier
diabólico	teuflisch

leche	Milch
ayuda	hilft
no problema	kein Problem

"Cool", sagte Emily, "das sind genau zehn Vokabeln. Das sollte nicht so schwer sein."

"Ich hab heiße Füße", sagte Finn. "Also Füße gleich: *achicharrante*. Und das *r* muss rollen, wie in: *Mit heißen Füßen rrrannte er*."

"Okay", meinte Torben, "die Füße haben ein Problem, aber die Knie nicht. Die Knie sind *no problema*! Mit kurzem *e* und langem *a*. *No problema*!"

"Genau", sagte Julia, "und meine Oberschenkel tun teuflisch weh vom Klettern auf der Pyramide. *Oberschenkel – diabólico*! Mit *o* wie Oberschenkel."

"Und in den Hosentaschen hinten ist Zucker, der da voll rausfliegt, wenn ich mich hinsetze!", ergänzte Finn. "Paff, voll die Zuckerwolke. *Azúcar*!"

"Aber mit *th*, wie in Englisch bei *the*", sagte Julia.

"Oder viel Spucke, *Azzzúcar!*", rief Torben und erzeugte einen kleinen Sprühregen.

"Baaah, doch nicht auf mich!", schrie Julia.

Emily beugte sich zu Torben vor, mit einem unsichtbaren Mikrofon in der Hand. "Mein Herr, Sie haben eine feuchte Aussprache. Und haben Sie auch einen Bauchnabel?"

"Äh, ja ..." Torben wurde rot.

"Na klar, den haben alle Menschen", meinte Finn, "und deswegen kann man sich das gut merken. *Haben Sie ... –* Bauchnabel – *tiene*?"

"Okay, cool", sagte Emily. "Die Nummer sechs in der Körperliste ist die Brust. Was passt dahin?

"Die Milch!", rief Torben.

"Echt jetzt?", fragte Julia mit strengem Gesicht und auch Emily schüttelte den Kopf.

"Wieso … was ist denn …" Torben schien keine Ahnung zu haben, was die beiden so aufregte.

Finn fing an, den Finger zu heben, um irgendwohin zu zeigen, aber Emily klatschte ihm auf die Hand.

"Ach so …", sagte Torben und fing an zu grinsen, "ihr meint …"

"Du musst es nicht erklären", unterbrach ihn Julia, "es ist peinlich genug."

"Aber dann kann man sich gut dran erinnern!", sagte Finn. "Das hat Greg Ohrstaub auch gesagt: je lustiger, desto besser!"

"Na meinetwegen." Emily tippte auf ihrem Handy. "Die Brust ist also *la leche,* mit *tsch,* wie ein Zug macht."

"*La letsch-tsch-tsch-tsche* ...", machte Finn und klopfte sich dabei auf die Brust. "So kann ich's mir gut merken!"

Emily nickte. "Gut. Nummer sieben ist die Schulter."

"*Ayuda,* mit *j.*" Torben zeigte auf seine Schulter. "Hier ist die Schulter, da dran ist ein starker Arm, der euch *hilft. Hilft – ayuda*!"

"Acht ist der Hals, und der ist *hier*." Finn zeigte auf seinen Hals. "*Aquí,* mit *k. Aquí*!"

"Und schaut mal", sagte Emily und lächelte übertrieben freundlich, "mein Gesicht sagt danke. *Gracias,* wieder mit Sprühregen."

Torben wollte schon loslegen, aber seine Schwester stoppte ihn und zeigte auf seinen Kopf. "Und seht da, *er ist ... el esta*!"

"Er ist was?", fragte Finn mit einem leichten Grinsen, da er ahnte, was kommen würde.

"Burro."

"Was heißt das?"

"Guck's nach", erwiderte Julia mit einem Augenzwinkern. "Das wird dann unsere Nummer elf."

Die Straße wurde noch holpriger, der Land Rover hüpfte und knarzte. Emily musste fast schreien.

"Also nochmal von Anfang an, alle mitmachen: Die Füße ..." – sie zeigte hin – "*achicharrante,* die Knie – *no problema!* – die Oberschenkel – *diabólico* – die Hosentaschen – *azúcar* – der Bauchnabel – *tiene* – die Brust – *la leche ...*" (Torben und Finn unterdrückten mühsam ihr Lachen) " ... die Schulter – *ayuda* – der Hals – *aquí* – das Gesicht – (sie musste selbst einen Moment überlegen) " ... *gracias* – und zuletzt der Kopf – *el esta!*"

"Echt cool", sagte Finn. "Es funktioniert!"

In diesem Moment blieb der Wagen stehen.

"Hey", sagte Torben, "ich bin vielleicht ein *burro,* aber DAS DA ist total abgefahren!"

Er zeigte an den anderen vorbei. Sie folgten seiner Geste und stellten fest, dass er recht hatte.

— 4. Kapitel: Die versunkene Pyramide —

Vor ihnen öffnete sich ein Tal, das zu beiden Seiten von überwucherten Ruinen und Hügeln gesäumt wurde. Die freie Fläche, die das Zentrum dieses Ortes gebildet haben musste, war mindestens fünfzig Meter breit und einhundert Meter lang und sah frisch umgegraben aus, hier und da lagen gefällte Bäume. Am Ende des Tals hatte das Ausgräberteam eine Grube von mindestens dreißig Metern Durchmesser ausgehoben, aus deren Mitte die Spitze einer Pyramide hervorragte. An einigen Stellen schimmerte hellgrauer Stein hervor.

Der Fahrer des Jeeps sagte etwas, das niemand verstand, legte einen anderen Gang ein und ließ den Land Rover rumpelnd den kleinen Abhang hinunterrollen. Dort endete die Fahrt am Rande des großen Platzes, wo das Ausgräberteam mehrere große Zelte aufgebaut hatte. Da alle Ausgräber bei der Pyramide beschäftigt zu sein schienen, luden sie die Koffer und Taschen aus, brachten sie in das erste Zelt und machten sich gemeinsam auf den Weg ans andere Ende des großen Platzes.

Die Kids schauten sich alle sehr interessiert um und betrachteten die Ruinen mit ihren vielen, seltsamen Verzierungen. Herr Hansen schnaufte und schwitzte unter seinem Tropenhut. Alexander Forster aber war kaum zu halten.

"Herrlich!", rief er gestikulierend. "Schaut euch die Inschriften an!"

"Welche Inschriften?", fragte Torben. "Ich sehe nur komische Formen und Fratzen."

"Ich glaube, da sind Buchstaben drin versteckt", sagte Finn.

Sein Vater lächelte. "In gewisser Weise hast du recht. Schaut mal hier." Er deutete auf eine der Ruinen am Rand des Platzes und führte sie näher heran. "Seht ihr die Verzierungen an der Hauswand? Erkennt ihr etwas?"

Die Kids betrachteten die Menge an Linien und Kurven, die auf den ersten Blick aussahen wie ein großes Durcheinander. Doch nach einer Weile begannen sie, darin einzelne Formen zu erkennen, auch wenn diese immer noch sehr seltsam aussahen.

"Da ist eine Art Vogel", sagte Emily und zeigte auf eine Stelle rechts vom Eingang. "Aber er sieht aus, als ob er ein Gesicht hat."

"Und das da sieht aus wie eine Schlange", ergänzte Torben.

"Und das wie einer, der betrunken ist und den Kopf schief hält", ergänzte Finn.

"Und da ist ein Typ, dem die Zunge raushängt." Julia deutete auf eine besondere eigenartige Zeichnung. "Wie im Comic, echt witzig."

Alexander Forster nickte fröhlich. "Zwei davon sind auf jeden Fall Schriftzeichen. Das, was ihr für einen Betrunkenen haltet, ist in Wirklichkeit das Zeichen für Erde. Und deine Comicfigur, Julia, ist in Wirklichkeit ein gefährliches Raubtier."

"Ein Gepard?", fragte sie. "Ich meine wegen der Punkte."

"Nicht ganz. Es ist ein Jaguar. Und die Schlange hast du genau richtig erkannt, Torben. Sie soll wahrscheinlich den Eingang dieses Gebäudes bewachen. Natürlich nur bildlich gesprochen."

"Was ist mit dem Vogel, der ein Gesicht hat?", fragte Emily.

Ihr Vater sah plötzlich nachdenklich aus. "Das ist in der Tat ein sehr interessantes Zeichen. Es besteht aus mehreren Teilen, seht ihr? Das könnte ein Name sein, vielleicht sogar der Name einer Gottheit. Ich schaue es mir später genauer an."

Sie gingen weiter. Alexander Forster betrachtete immer konzentrierter die verzierten Wände der Ruinen. Mit einem Mal lief er hinüber auf die andere Seite des Platzes. Die Kids folgten ihm, während Herr Hansen zurückblieb und langsam seinen Weg zur Pyramide fortsetzte.

"Was ist denn, Papa?", fragte Emily.

"Zwei Dinge", rief er und zeigte mit beiden Händen auf zwei verschiedene Stellen an der Wand eines hohen Gebäudes, das wie ein Tempel aussah – eine direkt vor ihnen, eine in etwa drei Metern Höhe. Dort ragte aus der verwitterten Wand ein großer steinerner Ring hervor, der wiederum reich verziert war.

"Wisst ihr, was das ist?"

Emily stöhnte. "Du bist wie die Lehrer in der Schule. Du stellst eine Frage, obwohl du die Antwort kennst."

Er zuckte die Achseln. "Ich wollte dich nur herausfordern."

"Das ist so etwas wie ein Basketballkorb", meinte Julia.

Ihr Bruder verdrehte die Augen. "Wie kann man nur so–"

"Das stimmt aber." Julia funkelte ihn böse an. "Die Maya hatten so eine Art Ballspiel, das hat mal unsere Sportlehrerin erzählt."

"Und das ist auch richtig", bestätigte Alexander Forster. "Wir wissen nicht genau, wie das Spiel hieß und welche Regeln es gab, aber mit ziemlicher Sicherheit musste der Ball dort oben durch den Ring geworfen werden. Und dieses Schriftzeichen hier unten hat tatsächlich etwas mit Ballspielen zu tun."

Er zeigte genauer hin. "Die Zeichen für *Erde* und *Jaguar*, die ihr eben gesehen habt, sind sogenannte Logogramme, sie stehen für ein ganzes Wort. Aber dieses Zeichen hier besteht aus drei Teilen, die drei Silben darstellen: *pi – tzi – l*. Und *pitzil* heißt Ballspielen."

"Total cool", sagte Finn. "Also war das hier ein Sportplatz!"

Sein Vater wiegte den Kopf hin und her. "Ja und nein. Das Ballspielen gehörte wahrscheinlich zur Religion der Maya und war sehr, sehr wichtig."

"Meinem Vater ist Fußball auch sehr wichtig", sagte Torben.

"Ja", erwiderte Julia, "aber nur, solange Bayern gewinnt."

Alle lachten. Während sie ihren Weg zur Pyramide fortsetzten, erklärte Alexander Forster weiter:

"Wie ihr seht, sind die Wände hier alle komplett verziert, vom Boden bis zum Dach. Das nennt man den Chenes-Stil, er ist typisch für diese Region. Außerdem ist diese Anlage nicht sehr groß und hat, zumindest soweit ich sehen kann, keine Terrassen für den Ackerbau."

"Und was bedeutet das?", fragte Finn.

"Erstens, dass hier wohl niemand gelebt hat, sondern dass es eine reine Kultstätte zur Verehrung der Maya-Götter war. Und zweitens, dass dieser Ort im Vergleich zu den anderen Ruinenstädten recht jung ist. Vielleicht sogar sehr jung."

Sein Gesichtsausdruck verriet, dass er noch einen anderen wichtigen Gedanken hatte. Aber er sprach nicht weiter, auch weil sie in diesem Moment bei der großen Grube am Ende des Platzes ankamen. Herr Hansen war schon im Gespräch mit dem Leiter der Ausgrabung, einer Mexikanerin, die sich jetzt der ganzen Gruppe zuwandte.

"Buenos dias und herzlich willkommen. Mein Name ist Linda, Linda Lopez. Und Sie müssen Alexander Forster sein ..."

Sie streckte ihre Hand aus, die Emilys und Finns Vater etwas ungelenk ergriff und schüttelte. Danach stellte er die vier Kids vor und fragte: "Haben Sie jemals zuvor so etwas gesehen?"

Emily zwinkerte ihrem Bruder zu. Ihr Vater schien aufgeregt wie ein Kind an Weihnachten.

"Sie meinen eine Pyramide, die in der Erde vergraben ist?" Linda Lopez lächelte und schüttelte den Kopf. "Nein, habe ich nicht. Aber es gibt noch weitere ungewöhnliche Beobachtungen. Kommt mal alle mit."

Sie näherten sich unter ihrer Führung der Grube, die aus der Nähe noch beeindruckender wirkte. Der Teil der Pyramide, die aus dem Erdreich ragte, war mindestens sieben Meter hoch. Wie tief sie wohl noch in die Erde reichte?

"Das Erste, das mir auffällt", begann Alexander Forster, "ist der fehlende Tempel auf dem Dach."

Linda Lopez nickte. "Ja, das ist eine weitere Eigenart dieser Pyramide."

"Haben Sie schon einen Hinweis auf den Eingang gefunden?"

Sie schüttelte wieder den Kopf. "Bisher leider nicht."

"Und irgendwelche Hinweise auf die Gottheit, dem dieses Bauwerk gewidmet ist?"

"Ja, eigentlich schon. Aber schauen sie selbst, denn das Ganze ist wirklich sehr merkwürdig."

Sie führte die Gruppe am Rand der Grube entlang auf die genau gegenüberliegende Seite, wodurch die Gruppe einen noch besseren Eindruck von der Größe der Pyramide bekam. Und noch bevor Lina Lopez etwas sagen konnte, rief Alexander Forster schon:

"Das ist ja ..."

"Herrlich?", fragte Emily. "Entschuldigung, ich wollte nicht frech sein."

"Ach was, Liebes. Aber jetzt schaut mal alle, ist das nicht faszinierend?"

Er deutete hinunter in die Grube, wo zwei Ausgräber dabei waren, die letzten Reste Erde von einer mindestens zwei Meter großen Verzierung zu entfernen. Genauer gesagt handelte es sich um das Bild von einem ... ja, von was eigentlich?

Es sah aus wie eine Mischung aus einem großen Vogel und einem Menschen, der anstatt einer Nase einen Rüssel hatte und dazu noch zwei seltsame längliche Zähne, die aus seinem Kiefer wuchsen. Die Haut schien Schuppen zu haben, wie die Haut einer Echse oder Schlange. Die Figur trug einen Schild und eine seltsame Waffe, die wie ein Blitz geformt war. Hinter dem Schild kam noch eine züngelnde Schlange hervor.

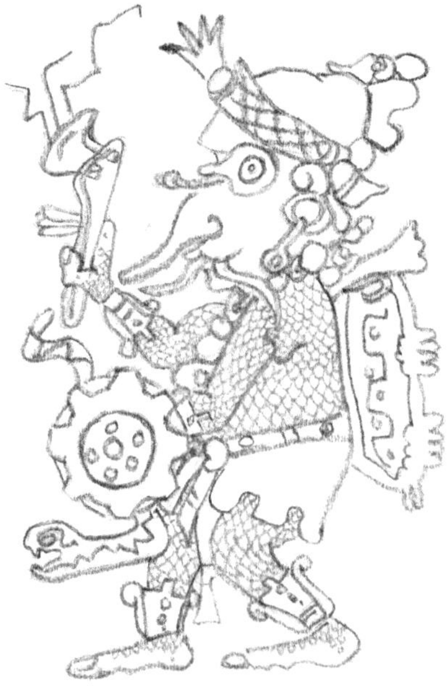

"Das ist Chaac", erklärte Alexander Forster. "Er ist der Gott des Regens, des Donners und der Fruchtbarkeit, denn ohne Regen gibt es kein Wachstum. Er schlägt mit seiner Axt aus Blitzen in die Wolken und erzeugt so Gewitter, und aus seinem Kopf wächst ein Maiskolben, das wichtigste Nahrungsmittel der Maya."

"Der sieht echt schräg aus", meinte Emily. "Und irgendwie interessant."

"Was ist das?", fragte Julia plötzlich.

Ihr Bruder sah sie verwundert an. "Das hat er doch gerade erklärt, das ist Chaac."

"Nein, ich meine dieses Geräusch. Was ist das?"

"Ich höre ni–"

Torben brach ab, denn in diesem Moment hörte er es auch, und ebenso alle anderen. Die Luft fing an zu vibrieren, immer heftiger und immer lauter. Die Baumwipfel auf dem Hügel hinter der Pyramide wurden von einer riesigen, unsichtbaren Hand erfasst und heruntergedrückt. Aus dem Geräusch wurde dröhnender Lärm, dass sie sich die Ohren zuhalten mussten und Herrn Hansen flog der Hut weg. Er schimpfte und wollte ihn einfangen, als ein großer Umriss über dem Hügel auftauchte, sich dunkel gegen den gleißenden Himmel abzeichnete und in der Luft stehen blieb wie ein Raubvogel vor dem Sturzflug.

— 5. Kapitel: Davina Dobbs —

"Was zum Teufel–" fing Herr Hansen an zu schimpfen, als das dröhnende Ungetüm sich auf sie herabsenkte und nur wenige Meter über ihren Köpfen hinwegdonnerte. Es landete in der Mitte des großen Platzes und wirbelte dabei jede Menge Sand und Staub auf.

"Ein Helikopter!", rief Torben.

"Ach nee", rief Julia zurück, "was hattest du denn gedacht, was das ist? Ein Drache?"

Während Herr Hansen mit wutentbranntem Gesicht seinen Hut einsammelte, wurden die Rotoren des Hubschraubers langsamer und leiser.

"Hatten die Maya Drachen?", fragte Torben und schaute Finn und seinen Vater an.

Alexander Forster nickte. "Zumindest gibt es Abbildungen von großen Reptilien mit Federn. Einer der größten Maya-Götter hieß Kukulkan, das bedeutet *gefiederte Schlange*. Sein Kopf sieht wirklich aus wie ein Drachenkopf."

In diesem Moment öffnete sich die Kabinentür des Helikopters, auf der groß DOBBS geschrieben stand, und einige Männer sprangen heraus. Sie trugen dunkelblaue Uniformen und hatten Gewehre.

"Was ist denn jetzt los?", fragte Alexander Forster.

"Ich weiß nicht", sagte Linda Lopez und schob ihr markantes Kinn vor, "aber ich finde es heraus!"

Sie marschierte auf die uniformierten Männer los, die alle grimmig dreinblickten, aber das schien sie gar nicht zu stören. Bevor sie die Hälfte des Wegs bis zum Hubschrauber zurücklegen konnte, hatten die Männer schon einen Halbkreis um die Maschine gebildet. Jetzt erschien noch jemand in der Kabinentür. Zuerst war nur ein großer Hut zu sehen, dann ein ziemlich glänzendes Gesicht und eine sehr glänzende Halskette, ein cremefarbenes Kleid und lange, braungebrannte Beine, die in hohen Stöckelschuhen steckten.

"Wow", entfuhr es Torben.

"Beherrsch dich", zischte Julia.

"Was wird denn das, eine Modenschau?", fragte Emily.

"Vielleicht drehen die auch einen Werbefilm", meine Finn.

"Ich fürchte, keins von beiden", sagte ihr Vater mit einem Seufzer. "Das sieht nach jeder Menge Unruhe aus, die wir hier gar nicht gebrauchen können. Wirklich gar nicht herrlich!"

"Das ist ein Skandal!", stieß Herr Hansen hervor. "Unerhört! Und ich weiß wer, das ist. Eine Katastrophe!"

Die Kids kamen nicht dazu zu fragen, was genau nicht zu glauben war, denn im nächsten Augenblick standen sich die aufgetakelte Dame und Linda Lopez schon gegenüber. Die Rotoren waren jetzt völlig zum Stillstand gekommen und es herrschte eine unheimliche Stille im Tal.

"Einen schönen guten Abend!", trällerte die schillernde Dame.

"Was soll daran schön sein, wenn Sie hier mit Ihrem Hubschrauber unsere ganze Ausgrabung durcheinanderwirbeln?", fragte Linda aufgebracht. "Sie machen einen ganzen Tag unserer Arbeit zunichte und landen dann noch mitten in der Ausgrabungsstätte! Sind Sie verrückt?"

"Ja, verrückt nach Archäologie! Gestatten, Davina Dobbs." Sie streckte die Hand aus.

Linda ergriff sie, wahrscheinlich weil sie nicht unhöflich sein wollte, legte aber gleich wieder los: "Sollte mir Ihr Name vielleicht etwas sagen? Und wieso sprechen Sie überhaupt Deutsch und nicht Englisch oder Spanisch?"

Davina Dobbs lächelte mit unnatürlich weißen Zähnen. "Weil ich weiß, dass Sie Deutsch verstehen und dass Ihre Gäste aus Deutschland kommen. Und es wäre doch unhöflich, wenn die Kinder nicht mitbekommen würden, was wir sprechen, oder?"

"Ja, sicher, aber das erklärt noch nicht–"

"Moment mal", sagte Herr Hansen jetzt laut und ging auf die beiden Frauen zu. Er sah aus, als würde er gleich platzen vor Wut.

"Was meint ihr, wie alt die ist?", flüsterte Torben unterdessen. "Dreißig?"

"Vielleicht auch vierzig", meinte Julia. "Kann man nicht richtig sehen bei so viel Schminke."

Ihr Vater baute sich neben Linda auf und zeigte auf die unerwartete Besucherin. "Sie sind doch die Frau von Ronald Dobbs, dem amerikanischen Milliardär?"

Jetzt lächelte die Dame noch breiter. "Ja, natürlich! Wie nett, Sie kennenzulernen!" Sie streckte wieder ihre Hand aus, und selbst Herr Hansen konnte nicht widerstehen.

"Warum wird der Kopf von eurem Papa jetzt noch röter?", fragte Emily leise.

"Keine Ahnung", sagte Julia. "Voll peinlich."

Davina Dobbs klatschte in die Hände. "Mein Team reist erst später an, aber ich wollte mir die Pyramide schon einmal ansehen. Sie haben doch nichts dagegen?"

"Einen Moment, bitte." Linda hob ihre rechte Hand wie ein Stoppzeichen. "Zuerst muss ich wissen, warum Sie überhaupt hier sind. Dies ist eine staatlich geschützte Ausgrabungsstätte und nur Menschen, die eine Einladung unserer Regierung haben, dürfen Sie betreten."

"Ach, ich Dummerchen! Das hätte ich fast vergessen!"

Sie griff in ihre Handtasche, die sehr teuer und natürlich auch sehr glänzend aussah, holte ein Stück Papier heraus und übergab es an Linda. Während diese das Schreiben auseinanderfaltete und anfing zu lesen, wobei ihre Stirn immer tiefere Falten bekam, klatschte Mrs. Dobbs wieder in die Hände und verkündete:

"Damit sollte dann alles geklärt sein. Männer, riegelt schon mal alles ab, damit hier keine Eingeborenen kommen und die Artefakte stehlen. Und ich brauche Überwachungskameras an allen wichtigen Punkten. Wir brauchen Sicherheit und Ronald möchte schließlich alles live mitverfolgen."

"Entschuldigen Sie bitte", sagte Alexander Forster und trat vor. "Ich bin von der archäologischen Regierung – ähm, ich meine, von der mexikanischen Regierung eingeladen worden, diese Ausgrabung mit Frau Lopez zu leiten. Wir haben hier eine vielleicht einmalige Gelegenheit, mehr über die Kultur der Maya zu erfahren. Wenn sie denken, dass wir hier irgendwelche Goldschätze–"

"Oh, Mr. Forster", unterbrach ihn Davina Dobbs. "Verzeihung, ich meine natürlich, *Herr* Forster. Wir sind nicht auf der Suche nach Gold oder Edelsteinen. Wissen Sie, was heutzutage das wertvollste Material auf der ganzen Welt ist?"

"Ähm, ich ..." Alexander Forster schüttelte den Kopf. "Was meinen Sie?"

"Bilder! Stille Bilder und bewegte Bilder, Fotos und Filme, in Sekundenschnelle verbreitet über das Internet. Wenn Sie oder einer meiner Wissenschaftler in die geheimnisvolle Pyramide eindringen, dann sind *wir* – Dobbs TV – live dabei. Wir senden live über Youtube und an alle Nachrichtensender der Welt. *Wir* machen *Sie* weltberühmt! Und Ihre Kinder gleich dazu!"

"Meine Kinder?"

"Die Kinder werden nicht gefilmt!", sagte Herr Hansen laut und entschieden. "Kommt überhaupt nicht in Frage!"

Davina Dobbs zuckte die Schultern. "Wie Sie meinen. Aber ich bin sicher, die Kinder fänden es toll, wenn die ganze Welt sie dabei sieht, wie wir mit dieser Entdeckung Geschichte schreiben. Nicht wahr, mein Junge?" Sie zwinkerte Torben zu, der innerhalb einer halben Sekunde die Farbe einer reifen Tomate annahm.

Sie schritt zielstrebig mitten durch die Gruppe hindurch und auf die Pyramide zu, gefolgt von zwei Leibwächtern, während Linda Lopez das Schreiben sinken ließ und verärgert den Kopf schüttelte.

"Das ist typisch! Wir bemühen uns um die Wissenschaft und meine Regierung hat nichts Besseres zu tun, als die Rechte an der Grabung an Ronald Dobbs zu verkaufen, bevor wir überhaupt etwas entdeckt haben!"

"Bedeutet das, dass sie mit der Kamera neben uns stehen werden, während wir graben?", fragte Alexander Forster.

"Ja, und noch schlimmer: Sie dürfen auch selbst graben. Aber noch bin ich hier die Chefin und ich werde nicht zulassen, dass diese Sicherheitsleute mit ihren dicken Stiefeln unsere Ausgrabungen zerstören!"

"Und ich werde die Anwälte der Universität kontaktieren", brummte Herr Hansen. "Schließlich stellen wir mit Herrn Forster einen der besten Archäologen auf der Welt zur Verfügung!"

An diesem Abend jedoch konnten sie zunächst nichts mehr tun, außer zum Hotel zurückzufahren. Dort gab es ein typisch mexikanisches Abendessen mit gegrilltem Fleisch und Gemüse auf Tortillas, diesmal mit nicht ganz so scharfen Chilis. Das schmeckte sehr lecker, danach gingen aber alle schnell ins Bett. Es war doch ein sehr langer und aufregender Tag gewesen.

Wer hätte allerdings gedacht, dass der nächste noch viel aufregender werden würde?

— 6. Kapitel: Jemand verschwindet —

Am nächsten Morgen wurden die vier Kids mit ihren beiden Vätern wieder mit dem rumpelnden Landy zur Ausgrabung gefahren. Dabei übten sie noch einmal die spanischen Vokabeln mit der Körperliste von Greg Ohrstaub. Vielleicht erinnert ihr euch noch?

1. die Füße	achi...
2. die Knie	no pr…!
3. die Oberschenkel	dia…
4. die Hosentaschen	az…
5. der Bauchnabel	ti…
6. die Brust	la l…
7. die Schulter	ay…
8. der Hals	a…
9. das Gesicht	gr…
10. der Kopf	el e...

Nach ein paar Versuchen konnten sie die Vokabeln richtig gut, auch rückwärts und sogar, wenn jemand nur sagte: "Die Knie!" oder "Das Gesicht!"

Als sie an der Ausgrabungsstätte eintrafen, waren sie allerdings geschockt: Das ganze Tal und besonders der Bereich um die Pyramide hatten sich sehr verändert. Dort waren Scheinwerfer und Kameras aufgebaut und eine Menge Leute, die am vorigen Abend noch nicht dagewesen waren, liefen umher und redeten und verbreiteten jede Menge Unruhe. Außerdem war es schon sehr warm für zehn Uhr morgens.

"Wie soll man denn so arbeiten können?" Alexander Forster stieg aus und machte sich auf die Suche nach Linda Lopez, mit den anderen im Schlepptau. Sie fanden sie im Gespräch mit einem älteren Mitarbeiter, der gar nicht glücklich über die Situation zu sein schien. Sie sprachen zwar Spanisch, aber sein Tonfall und seine Körpersprache machten seinen Ärger sehr deutlich. Außerdem fiel mehrmals das Wort *problema*.

Doch als sie die Gruppe kommen sahen, schaute zumindest Linda gleich etwas fröhlicher drein.

"Guten Morgen zusammen! Gut, dass Sie da sind. Ich habe mit unserem Ministerium gesprochen und leider haben sie bestätigt, dass sich Ronald Dobbs und seine Frau die exklusiven Vermarktungsrechte gesichert haben."

"Sie meinen die Rechte für die Fotos und Filme, die sie drehen, während wir hier graben?", fragte Alexander Forster. "Oder auch die Rechte an den Entdeckungen, die wir machen?"

"Da haben wir nämlich auch noch ein Wort mitzureden!", sagte Herr Hansen mit erhobenem Zeigefinger.

Linda nickte. "Ich weiß. Aber keine Sorge: Alles, was wir hier finden, gehört weiterhin meinem Land und kann an Ihre Universität ausgeliehen werden."

"Das klingt doch gut!", sagte Alexander Forster.

Linda seufzte. "Aber die Rechte an allen Fotos und Filmen, die hier gemacht werden, egal von wem, gehören ab sofort der Familie Dobbs. Wir können sie verwenden, zum Beispiel in einem Artikel für ein Magazin oder eine Homepage, aber wir müssen dafür bezahlen."

Herr Hansen brummte. "Leider sehen das unsere Anwälte genauso. Sehr ärgerlich, was Ihr Ministerium da gemacht hat."

"Aber das können wir jetzt auch nicht ändern. "Alexander Forster deutete auf die Pyramide. "Das Wichtigste ist jetzt erst einmal, dass wir weiter graben dürfen, und das werden wir tun! Wie ich sehe, sind Ihre Leute schon wieder ein großes Stück vorangekommen."

"Ja, und zwar mit einem interessanten Ergebnis." Linda führte die Gruppe durch das Gewusel – zum Glück war Davina Dobbs noch nirgends zu sehen – zur vorderen Seite der Pyramide. "Schauen Sie mal!"

Der Graben war tatsächlich schon deutlich tiefer als am vorigen Tag und genau in der Mitte war so etwas wie ein breiter Türrahmen aus Stein erkennbar.

"Das ist der Eingang!", entfuhr es Finn.

Linda lächelte. "Das hoffen wir. Ich hätte mir nur gewünscht, dass wir ihn gefunden hätten, bevor diese Meute hier eingefallen ist."

"Ist das wirklich eine Tür, Paps?", fragte Emily. "Das sieht irgendwie einfach aus wie eine dicke Steinplatte ..."

"Ich weiß, was du meinst", sagte Alexander Forster. "Wir müssen sehen, ob sie sich irgendwie öffnen lässt oder ... " Er sah sich um, ob auch niemand direkt in der Nähe stand, und flüsterte: "Ob es sich nur um einen Trick handelt."

"Was für einen Trick?", fragte Julia. "Meinen Sie, dass es gar keine echte Tür ist?"

Er nickte. "Um den wahren Eingang zu verbergen. Das könnte sogar eine Chance sein. Und jetzt wollen wir an die Arbeit gehen!"

"Genau, Kinder", sagte Herr Hansen und machte eine Bewegung mit der Hand, als würde er Staub von einem unsichtbaren Tisch wischen. "Seht euch doch einfach mal um und kommt niemandem in die Quere. Aber lauft nicht in den Dschungel, richtig, Frau Lopez?"

"Äh, ja." Sie nickte, offenbar mit den Gedanken schon wieder bei der Ausgrabung. "Da gibt es Schlangen, Frösche, große Spinnen ..."

"Cool", sagte Torben. "Aus dem Gift kann man tödliche Pfeile machen."

Alle starrten ihn an.

Er zuckte mit den Achseln. "Hab ich auf Youtube gesehen."

"Was hat euer Vater gemeint, als er gesagt hat, das könnte eine Chance sein?", fragte Julia, als sie sich ein Stück von der Pyramide entfernt hatten.

"Weiß ich auch nicht so genau", entgegnete Emily.

"Ich glaube, er meint, dass er vielleicht den richtigen Eingang findet, ohne dass die Amerikaner das merken", erklärte Finn. "Und während sie versuchen, vorne die Tür aufzumachen, die keine ist, sind wir schon in der Pyramide!"

"Oh. Das wäre genial."

"Ja, geradezu *herrlich,* wie mein Vater sagen würde." Emily zeigte hinüber zu den Sicherheitsleuten, die Davina Dobbs mitgebracht hatte. "Aber die werden uns nicht aus den Augen lassen."

"Kein Problem", meinte Torben. "Wenn es so weit ist, starten wir einfach eine Ablenkung."

"Mit giftigen Pfeilen?", fragte Julia spöttisch.

"Vielleicht."

Emily bekam große Augen. "Ehm, okay. Vielleicht sollten wir erstmal das Gelände erkunden. Wo sollen wir anfangen?"

"Da." Finn deutete nach links, zu einer Reihe von Ruinen am südlichen Hang des Tals, die so stark überwuchert waren, dass man sie kaum erkennen konnte. "Da scheint noch keiner von denen zu sein."

"Schauen wir doch nach", sagte Julia und ging gleich los.

Sie entfernten sich möglichst unauffällig an den Rand des großen Platzes und suchten nach einem Weg oder Pfad den Hang hinauf. Aber die Bäume und Sträucher wuchsen überall so dicht, dass sie fast am anderen Ende des Platzes angekommen waren, bevor sie endlich zwischen zwei Häusern und versteckt hinter hohem Gras eine schmale Treppe nach oben fanden. Sie stiegen hinauf, stets auf der Hut vor wackligen Stufen und Tieren, die im Gestrüpp lauern konnten.

Mit jedem Schritt schien es heißer zu werden. Die Sonne stieg schnell und brannte unerbittlich, dazu war die Luft sehr feucht, roch aber ganz anders als alles, was sie bisher erlebt hatten: nach tausend fremdartigen Pflanzen, exotischen Blüten und Früchten, die sie aber nicht zu probieren wagten – selbst Torben nicht.

Um die überwucherten Ruinen zu erreichen, mussten sie schließlich die Treppe verlassen und sich einen eigenen Weg im Schatten überhängender Bäume bahnen. Hier war es auch nicht viel kühler.

Sie hatten gerade einige Schritte unter dem Blätterdach zurückgelegt, als Torben stehen blieb. Er bewegte sich keinen Zentimeter weiter.

"Was ist los?", fragte Julia.

Torben presste zwischen den Zähnen hervor: "Da vorn. Über mir."

Die anderen versuchten angestrengt zu erkennen, was er meinte.

"Die Schlange!", zischte er.

Es dauerte noch einen Moment, bis Emily flüsterte: "Jetzt sehe ich sie. Da, zwischen den Blättern."

"Oh ja", bestätigte Julia. "Die sieht echt grün und giftig aus. Vielleicht kannst du sie für deine Pfeile gebrauchen?" Sie kicherte leise.

"Und der erste ist für dich", grummelte Torben.

Die Schlange zischte.

Torben trat vorsichtig einen Schritt zurück, die anderen ebenfalls.

"Am besten gehen wir drumherum", schlug Emily vor.

In diesem Moment bewegte sich etwas im Baum, auf einem Ast weiter rechts.

"Hey, eine kleine Echse", sagte Julia, " wie sü–"

Die Schlange schlug zu in einer einzigen Bewegung, die viel zu schnell war für das menschliche Auge. Schon hatte sie die Echse gepackt und verschwand mit ihrer Beute, blitzschnell über die Äste gleitend, und war verschwunden.

"Das war irgendwie cool", sagte Torben.

"Das war irgendwie *brutal*", erwiderte Julia und stieß ihn leicht an. "Los, weiter."

Nach etwa zwanzig weiteren und noch vorsichtigeren Schritten erreichten sie die verlassenen

Häuser, die stufenartig in den Hang gebaut worden waren. Natürlich gab es keine Türen, so dass sie die Ruinen ohne Probleme betreten konnten. In den ersten beiden Häusern fanden sie nichts außer Staub und dem Gerippe eines kleinen Tieres, das wohl mal eine Maus gewesen war. Schließlich traten sie in das dritte Gebäude, das ein wenig breiter war als die beiden anderen.

"Oh, das ist ja nur ein einziger großer Raum", sagte Julia. "Wie haben die denn hier gewohnt?"

"Was meinst du?", fragte Emily.

"Ich meine, na ja, so alle zusammen in einem Zimmer?"

"Das haben die Steinzeitmenschen auch so gemacht", sagte Torben.

"Ich glaube aber nicht, dass das hier ein Haus zum Wohnen war", sagte Finn. "Eher eine Opferstätte, so etwas wie ein kleiner Tempel. Seht mal da, die Wand mit den ganzen Abbildungen."

Tatsächlich bestand die hintere Wand aus vielen kleineren und größeren Steintafeln. Jede einzelne war mit einem jener verschlungenen Bildzeichen versehen, die für die Maya so typisch waren.

"Hey, da ist wieder der Vogel-Typ mit dem Rüssel und der Blitz-Axt." Torben zeigte auf den rechten Teil der Wand, ganz in der Ecke des Raums.

"Chaac", sagte Julia.

"Ja. Aber das ist irgendwie komisch", meinte Finn.

"Meinst du komisch wie in *lustig* oder komisch wie in *seltsam*?"

"Seltsam, hundertprozentig", sagte Emily.

Finn nickte. "Wenn er so ein wichtiger Gott war, wieso ist er dann so weit am Rand dargestellt? Er ist der einzige Gott auf dieser Wand, da müsste er doch eigentlich in der Mitte sein."

"Woher weißt du, dass er der einzige Gott ist?", fragte Julia.

"Weil er ein Buch darüber gelesen hat", sagte Emily und klang ziemlich genervt.

"Nein, weil ich mir Namen gut merken kann. Wisst ihr noch, was Greg Ohrstaub gesagt hat? Am besten merkt man sich Namen mit der Silbentechnik oder mit Bildern."

"Die Silbentechnik kann ich noch!", sagte Torben. "Zum Beispiel bei Linda Lopez: Die Linda ist eine Linde, ganz einfach."

"Jetzt müsstet du nur noch wissen, wie eine Linde aussieht", sagte Julia grinsend.

"Sehr witzig."

"Und wie merkst du dir Lopez?", fragte Emily.

"Hmm …" Torben kratzte sich am Kopf.

"Ein Looping!", sagte Julia. "Auf einer spanischen Achterbahn!"

"Cool", meinte Emily. "Eine Linde fährt durch einen Looping auf einer spanischen Achterbahn – Linda Lopez."

"Okay", sagte Finn, "das ist wirklich voll cool, aber das meinte ich nicht. Ich habe die Namen der Maya-Götter gelernt, indem ich mir die Bilder dazu gemerkt habe. Bei den Maya sind ja die Buchstaben immer Bilder, also war das ganz einfach. Und hier …", er deutete auf die Wand vor ihnen, "... ist kein anderer Gott dargestellt. Außer Chaac, da unten in der Ecke."

"Und was schließt du daraus?", fragte Emily.

"Dass das Chaac-Bild eine besondere Tafel ist, die wir näher untersuchen sollten", kam ihm Julia zuvor.

Finn nickte.

Sie gingen hinüber und studierten die Darstellung genauer.

"Das sieht genauso aus wie das Bild unten an der Pyramide, nur eben kleiner", sagte Julia, die jetzt immer interessierter schien. "Aber da muss irgendwas Besonderes dran sein."

"Vielleicht muss man draufdrücken, wie im Videospiel", sagte Torben und presste seine Hand gegen die Tafel. Nichts geschah.

"Also ich habe keine Ahnung und mir ist auch zu heiß zum Denken." Emily wischte sich über die Stirn. "Hat jemand eine Idee? Finn?"

Finn erwiderte zunächst nichts, er dachte angestrengt nach. Nach einer Weile murmelte er: "Was, wenn ..."

"Was?", fragte Julia. "Was, wenn *was*?"

Finn streckte die Hand nach dem Chaac-Bild aus. "Was, wenn man die einzelnen Teile drücken kann?"

Er probierte es aus und presste seinen Daumen gegen die rüsselartige Nase des Maya-Gottes. Tatsächlich wich sie in die Wand zurück und verschwand sogar darin, aber nur ganz kurz, dann kam sie wieder zum Vorschein. Sonst geschah nichts.

"Vielleicht ist er sauer", sagte Julia.

"Wieso sauer?", fragte Finn.

"Weil du seine Nase gedrückt hast. Das ist schließlich ein Maya-Gott."

"Probier einfach mal was anderes", sagte Torben. "Vielleicht die Axt."

Finn drückte auf die Klinge, die wie ein Blitz geformt war.

Sie erschraken, als es in der Wand rumpelte und die komplette Axt darin verschwand.

"Nummer eins, die Axt", hielt Emily fest.

Finn drückte gegen den Schild, der nur kurz nachgab, wie zuvor die Nase. Außerdem erschien die Axt wieder.

"Das war falsch", sagte Julia.

"Locker bleiben", meinte Torben.

Finn wartete ein paar Sekunden und drückte noch einmal die Axt, die wieder verschwand, und dann den großen Fangzahn. Wieder falsch. Jetzt probierte er die Axt und den Schild, und das funktionierte. Beide Teile zogen sich zurück in die Wand und blieben da.

Nach ein paar Minuten Ausprobieren sagte Emily: "Okay, das ist also die Reihenfolge: Axt, Schild, Flügel, dann die Schlange, die hinter dem Schild hervorkommt, der rechte Fangzahn, die Nase. Aber was passiert jetzt?"

"Scheinbar gar nichts", erwiderte Julia. "Der Chaac sieht jetzt irgendwie nackt aus – sorry, Maya-Gott – und sonst ist nichts passiert."

"Aber in der Wand hat's gerumpelt", sagte Torben, "also *muss* ja was passiert sein."

"Vielleicht weiter unten? Hatten diese Häuser so etwas wie einen Keller?", fragte Emily.

Finn zuckte die Schultern. "Manche bestimmt. Aber hier ist nirgendwo ein Eingang."

"Vielleicht *hinter* dem Haus, an der Außenseite der Mauer!", rief Julia und lief nach draußen, um nachzuschauen. Die anderen folgten ihr.

"Hey, wie cool!", rief Torben. "Da ist eine Öffnung!"

"Leise", zischte Julia. "Das müssen Davina Dobbs und ihre Sturmtruppen ja nicht wissen."

"Da passt aber kein Mensch durch, nicht mal einer von uns", sagte Emily und zeigte auf die rechteckige Öffnung.

"Ja, da geht höchstens meine Playstation rein", ergänzte Torben.

Emily grinste. "Na sicher, die Maya hatten auch eine Playstation. Aus Holz."

"Schauen wir doch nach", sagte Finn und wollte in das Loch greifen, aber Julia hielt seinen Arm fest.

"Bist du verrückt? Was, wenn da eine Spinne drin ist oder einer von diesen giftigen Fröschen?"

Finn zuckte die Achseln.

"Warte." Sie holte ihr Handy heraus und schaltete die Taschenlampe ein. "Ich leuchte mal rein. Hmm ... okay, ich kann kein Tier erkennen. Nur einen Stein oder sowas Ähnliches. Wartet."

Sie griff einfach selbst in das Loch und holte das Objekt heraus. Es war tatsächlich ein länglicher, sorgfältig bearbeiteter Stein mit einigen kreisrunden Erhebungen.

"Sieht aus wie Lego", sagte Torben. "Ein Maya-Legostein!"

"Aber wozu ist der gut?", fragte Emily. "Hier ist nirgendwo eine Tür, nicht mal eine aus Stein."

"Aber unten an der Pyramide", erwiderte Julia. "Die haben halt nur noch nicht das Schlüsselloch gefunden."

"Wir sollten den Schlüssel meinem Vater zeigen, aber ohne dass die anderen das mitkriegen", sagte Finn.

Emily nickte. "Okay. Aber vorher müssen wir uns noch die Teile des Rätsels und die richtige Reihenfolge merken."

"Warum das denn?", fragte Torben.

"Weißt du die Reihenfolge denn noch?", fragte seine Schwester.

"Ehm ..."

"Siehste. Ich krieg sie auch nur noch grade so zusammen."

"Also gut", sagte Emily, "probieren wir's aus. Was würde Greg Ohrstaub tun, um sich das zu merken?"

"Vielleicht wieder die Körperliste", schlug Finn vor.

Emily schüttelte den Kopf. "Das fände ich verwirrend. Wir müssen uns ja unter anderem Körperteile von diesem Chaac merken, und wenn ich jetzt die

Nase mit meinem Knie verbinde, komme ich durcheinander."

"Ich fände das witzig", sagte Torben, "und er hat doch gesagt, die Bilder sollen witzig sein."

"Also ich weiß nicht."

Julia schnippte mit dem Finger. "Wie wäre es mit der Baumliste?"

"Und wie soll das gehen?", fragte Emily.

"Na so: Die Reihenfolge war doch Axt, Schild, Flügel …"

"... Schlange ...", half Finn.

"Genau, und dann der rechte Fangzahn und die Nase. Das sind sechs Dinge, also brauchen wir die ersten sechs Bilder aus der Baumliste."

"Kein Problem", sagte Emily. "Das waren Baum, Lichtschalter, Hocker …"

Jetzt fielen die anderen mit ein, so dass sie wie im Chor sprachen: "... Auto, Hand, Würfel."

"Cool", sagte Julia. "Also die *Axt* steckt in einem *Baum,* das passt doch super. Darunter ist ein *Lichtschalter* angebracht, der geformt ist wie ein *Ritterschild*. Dann … ehm …"

"Kommt ein Vogel mit riesigen *Flügeln* und landet auf einem *Hocker*", fuhr Emily fort. "Der Hocker symbolisiert die Drei, das ist also das dritte Teil, das man drücken muss."

Finn nickte. "Und dann kommt eine *Schlange* in einem *Auto* angefahren. Schritt Nummer vier."

"Das stell ich mir grade vor", sagte Torben und musste grinsen. "Cooles Bild, die Schlange hinterm Lenkrad, auf der Suche nach einem Parkplatz."

Die anderen lachten.

"Hey", sagte Emily, "und das sieht so komisch aus, dass sich ein Vampir mit einem riesigen *Fangzahn* in die *rechte Hand* beißt. Schritt Nummer fünf!"

"Und dann..." Torben machte eine Pause und grinste triumphierend, "fällt ihm ein *Würfel* aus der *Nase*!"

Das fanden auch die anderen drei genial. Sie wiederholten die Geschichte zweimal, bis sie alle Bilder auswendig konnten. Plötzlich hob Emily ruckartig den Kopf.

"Schscht, ich höre Stimmen!"

Die anderen horchten angestrengt. Tatsächlich hörten sie mindestens zwei Männer, die sich aus Richtung der alten Treppe näherten.

"Die sprechen Englisch", flüsterte Julia. "Das sind die Wachsoldaten von Davina Dobbs."

"Wir verziehen uns besser." Torben machte eine Geste in die andere Richtung.

"Aber da geht's mitten durch das Dickicht, da kommen wir nie durch", erwiderte Emily.

"Willst du denen lieber erklären, was wir hier gemacht haben? Und ihnen dann den Schlüssel geben?"

"Natürlich nicht. Okay, probieren wir's."

Torben schlich voran, um die Ecke der Ruine und auf ein großes Gebüsch zu. Er drückte einige Zweige zur Seite, damit sich die anderen ohne allzu viele Kratzer verstecken konnten. Inzwischen kamen die Männerstimmen immer näher, so dass einzelne Wörter hörbar wurden: "Really old ruins ... jungle ... hot ... Dobbs ... *kids* ..."

"Kids?", flüsterte Julia ganz leise. "Damit sind wir gemeint!"

Finn nickte. "Die suchen uns! Warum auch immer."

Torben deutete hinter sich und wisperte: "Rückzug, Leute!"

Das Gestrüpp wurde noch dichter, so dass sie nur sehr langsam vorankamen. Zum Glück kam gerade etwas Wind auf, der durch die Blätter der Bäume und Büsche rauschte und die Geräusche, die sie verursachten, zu verbergen. Aus der Ferne näherten sich sogar Wolken.

Nach etwa zehn Minuten erreichten sie den Fuß des Hangs und stolperten in eine kleine Lichtung, die ein Stück abseits des großen Platzes der Maya-Stätte lag.

"Und jetzt?", fragte Torben. "Was schlagt ihr vor?"

"Wir müssen meinen Vater finden und ihm alles erzählen, ohne dass diese Davina und ihre Leute etwas mitkriegen", sagte Finn. "Er wird dann wissen, was wir tun sol–"

Auf dem großen Platz wurde es plötzlich sehr laut, ungefähr dort, wo die unterirdische Pyramide liegen musste.

"Das klingt nicht danach, als ob sie eine tolle Entdeckung gemacht hätten", sagte Julia. "Eher nach Streit."

"Kommt", sagte Emily und fing schon an zu laufen, "ich habe ein ungutes Gefühl."

Sie folgten ihr und bahnten sich einen Weg durch die Büsche und zurück auf den großen Platz. Bei der Pyramide hatte sich ein Auflauf aus zwei Gruppen gebildet: Davina Dobbs und ihr Team auf der einen Seite, Linda Lopez und ihre Kollegen auf der anderen, alle mit hochroten Köpfen.

Die Kids näherten sich dem Menschenauflauf, bis Emily schließlich laut fragte: "Was ist denn hier los?"

Linda fuhr herum und veränderte ihren Gesichtsausdruck sofort, von wütend zu ... irgendwie seltsam.

"Wir sprechen uns noch!", sagte sie in Richtung von Davina Dobbs, wandte sich ab und kam auf auf die Kids zu. Sie wischte sich mit einem Tuch über die verschwitzte Stirn und seufzte.

"Es tut mir leid, ich weiß nicht, wie ich euch das anders sagen soll. Aber euer Vater ist verschwunden."

— 7. Kapitel: Durch die Hintertür —

Sie saßen mit Linda im großen Zelt des Grabungsteams und hörten zu, wie sie von den letzten Ereignissen an der Pyramide berichtete. Draußen regnete es inzwischen heftig, mit Blitzen und Donner dazwischen. Die Wolken hatten sich unheimlich schnell zusammengeballt und starker Wind war aufgekommen, der alles durcheinandergewirbelt und Herrn Hansens Hut in eine Pfütze geweht hatte. Er putzte ihn gerade, mehr oder weniger leise vor sich hin schimpfend.

"Euer Vater", sagte Linda an Emily und Finn gewandt, "wollte in Ruhe prüfen, wie man die Steinplatte, die ihr vorne an der Pyramide gesehen habt, öffnen kann. Oder genauer, *ob* man sie überhaupt öffnen kann. Aber es gab einen Streit mit den sogenannten Experten, die Davina Dobbs mitgebracht hat."

"Das sind Amateure!", brummte Herr Hansen. "Unfassbar!"

Linda nickte, mit unglücklichem Gesichtsausdruck. "Ich muss eurem Vater–" jetzt sah sie Julia und Torben an, "recht geben. Ich weiß nicht, wo diese Leute Archäologie studiert haben oder was sie antreibt. Vermutlich der Druck der Familie Dobbs, möglichst schnell an spektakuläre Bilder zu kommen, die sie dann an die Medien verkaufen können." Sie schüttelte den Kopf.

"Was wollten sie denn machen?", fragte Finn. "Worum ging es in dem Streit?"

"Sie wollten nicht warten, bis wir die Steinplatte gründlich untersucht hatten. Sie wollten sie aufsprengen."

"Wow", sagte Torben. "Mit Dynamit?"

Julia verdrehte die Augen.

"Das weiß ich nicht genau, irgendetwas in der Art jedenfalls. Alexander ist dann weggegangen, um sich abzuregen. In den Dschungel hinter der Pyramide."

Emily nickte. "Das tut er immer, wenn er sich aufregen muss. Zuhause geht er meistens in den Schuppen oder in den Keller. Er mag es nicht, wenn man ihn schimpfen hört."

"Das kann ich verstehen", sagte Linda. "Auf jeden Fall ist er seitdem nicht mehr aufgetaucht. Wir haben ihn gesucht, aber nicht gefunden. Immerhin hat Davina Dobbs auch einige ihrer Leute losgeschickt."

"Wenn Herr Forster innerhalb der nächsten Stunde nicht auftaucht, rufe ich die Deutsche Botschaft in Mexico City an", sagte Herr Hansen. "Dann sollen sie einen Suchtrupp schicken. Ich traue diesen Dobbs-Leuten nicht!"

In diesem Moment wurde das Zelt von außen geöffnet und zwei der Wachleute traten ein, gefolgt von einem riesigen rosa Regenschirm, der kaum durch den Eingang passte. Darunter kam Davina Dobbs zum Vorschein, immer noch perfekt geschminkt und strahlend, allerdings in gelben Gummistiefeln. Sie klappte ihren Schirm ein und gab ihn an einen der Wachmänner weiter, der aussah, als hätte er gerade in eine Zitrone gebissen.

"Kinder", rief Davina, als stünde sie irgendwie unter Strom, "es tut mir so leid!" Sie tätschelte Finns Kopf. "Wir haben keine Spur von eurem Vater gefunden, auch wegen des vielen Regens, da draußen hat sich innerhalb von Minuten alles in Matsch und Schlamm verwandelt. Aber da kann man nichts machen, so ist eben das Wetter hier. Wir nehmen an, dass er in den Wald gegangen ist und dann vor dem Gewitter Schutz gesucht hat, irgendwo unter einem Baum oder in einer Ruine. Richtig, Derek?"

Der Wachmann, der keinen Schirm halten musste, nickte stumm.

"Nun, also bei diesem Wetter können wir erst einmal nicht weitersuchen und auch die Grabung nicht fortsetzen. Habt ihr noch Fragen? Sind alle gut versorgt? Wenn Getränke benötigt werden, warm oder kalt, wir haben alles in unserem Zelt. Es gibt auch Sandwiches und eine warme Mahlzeit, heute Morgen frisch aus Florida eingeflogen. Also meldet euch einfach, wenn ihr etwas braucht, ja? Toodle-loo!"

Sie nahm ihren Schirm, spannte ihn auf, winkte noch einmal fröhlich in die Runde und verschwand durch die Öffnung, gefolgt von ihren Sicherheitsleuten.

"Ist die immer so hektisch, Papa?", fragte Julia.

Herr Hansen runzelte die Stirn. "Ist *sie* so hektisch, ja? Und ehrlich gesagt, ich weiß es nicht. Ich habe sie und ihren Mann einmal auf einer Party gesehen, aber wir haben nicht miteinander geredet."

"Also entweder hat sie eine Autobatterie angefasst", sagte Torben, "oder ein Blitz hat sie getroffen."

"Vielleicht trinkt sie auch nur zu viel Kaffee", meinte Emily.

"Ich mag ihre Haltung zur Archäologie nicht", erklärte Linda, "aber auf mich wirkte sie schon ehrlich besorgt. Im Moment bleibt uns wohl wirklich nichts anderes übrig, als abzuwarten, bis der Regen aufhört. Das geht oft ganz schnell hier."

Sie behielt recht. Innerhalb von nur zehn Minuten zog das Gewitter weiter. Der Wind ließ nach, der Regen wurde schwächer und ging bald in ein sanftes Nieseln über. Als sie aus dem Zelt traten, fielen nur noch vereinzelte Tropfen und zwischen den letzten Wolken brach schon wieder die Sonne hervor.

"Herrje, ist das drückend", stöhnte Herr Hansen. "Und alles voller Matsch. Wir haben keine Gummistiefel!"

"Macht doch nichts", sagte Torben und sprang in die erstbeste Pfütze, das es spritzte. "Bei der Hitze kriegt man keine kalten Füße!"

Sein Vater schüttelte den Kopf. "Wenn das eure Mutter sähe ..."

Emily zog Finn am Ärmel. "Komm, wir suchen Papa."

"Bitte, tut mir einen Gefallen und geht nicht auch noch verloren", sagte Linda. "Lauft bitte nicht in den Dschungel, okay? Bleibt immer in der Nähe der Ruinen und der Pyramide. Versprochen?"

Emily und Finn nickten.

"Ich helfe euch", sagte Julia.

"Ich auch!", rief Torben und sprang aus der Pfütze. "Ist doch wohl klar. Kommt!"

"Und haltet euch an das, was Frau Lopez gesagt hat", mahnte Herr Hansen. "Sonst heißt es morgen früh: Rückflug!"

"Aber wie sollen wir zurückfliegen, wenn wir verschollen sind?", fragte Torben.

Sein Vater sah ihn mit zusammengekniffenem Auge an, als wollte er sagen: *Du willst wohl schlauer sein, als gut für dich ist ...*

Torben zuckte die Schultern und grinste, aber nicht frech.

Gemeinsam machten sie sich auf den Weg zur Pyramide, an deren Vorderseite die Ausgräber sich schon wieder versammelten, um weiter zu diskutieren – Davina Dobbs gab schon erste Anweisungen, wo die Kameras aufgebaut werden sollten, um die Sprengung zu filmen. Linda war schon mit zügigen Schritten unterwegs zu ihr, mit Herrn Hansen im Schlepptau.

Die Kids aber bahnten sich einen Weg rechts an der Pyramide entlang, was gar nicht so einfach war. Da die Erde wirklich überall aufgeweicht war, mussten sie aufpassen, nicht in den Graben abzurutschen, den die Ausgräber um das alte Bauwerk der Maya ausgehoben hatten.

An der Rückseite der Pyramide angekommen studierten sie die Umgebung genau. Es gab einen Streifen von vielleicht zehn Metern mit viel Gras und Gestrüpp, hinter dem der dicht bewaldete Hang aufstieg. Es waren aber keine Trittspuren zu sehen. Überall dampfte und tropfte es und die ersten Grillen zirpten schon wieder. Und da war noch ein Tiergeräusch …

"Ein Frosch! Den kriege ich!" Torben rannte los, mitten durchs Gras und auf den Wald zu.

"Hey, hast du nicht gehört, was Linda–" Emily brach ab, als Torben zwischen den Bäumen verschwand.

Julia winkte ab. "Vergiss es. Wenn es in diesem Wald intelligentes Leben gibt, ist der durchschnittliche IQ gerade dramatisch eingebrochen."

Sie folgte ihrem Bruder, allerdings deutlich langsamer, weil sie die Umgebung dabei genau prüfte. Emily und Finn folgten ihr, gemeinsam traten sie unter die Schatten der ersten Bäume. Hier und da brach die Sonne durch die Blätter, die sich stetig bewegten, wodurch sich Licht und Schatten schnell abwechselten, egal, wohin sie schauten. Zudem schien die Luft hier noch stickiger.

"Ich habe wirklich kein gutes Gefühl", sagte Emily. "Wir helfen unserem Papa nicht, wenn uns auch noch etwas passiert."

"Da hast du recht", bestätigte Julia. "Torben! Komm zurück! Das bringt nichts!"

Zuerst geschah nichts. Ein leichter Wind raschelte durch die Bäume und Büsche ringsum, wodurch der ganze Wald zu flimmern anfing.

Minuten vergingen, bis endlich ein Stück vor ihnen ein Zweig knackte. Torben erschien hinter einem Baumstamm und hielt etwas in den Händen, mit einem triumphierenden Grinsen auf dem Gesicht.

"Du hast doch nicht etwa einen Frosch gefangen?", rief Julia fast kreischend.

Torben grinste noch breiter.

"Bist du irre?! Die darf man doch nicht anfassen, weil die Haut so giftig ist!"

Torben blieb stehen, sein Gesicht wurde schlagartig ernst.

"Was?", krächzte er.

"Oh nein, du ..." Julia versagte die Stimme.

Torben sank auf die Knie und fing an zu röcheln, immer noch die Hände gefaltet. "Ich ... ich ..."

Julia fing an zu schreien: "Hilfe! Hilf–", als Torben plötzlich aufsprang, lachte und seine Handflächen zeigte. Sie waren leer.

"War doch nur Spaß! Hast du echt gedacht, ich bin so blöd, einen Pfeilgiftfrosch anzufassen?"

"Ja, natürlich! Du machst doch dauernd solche Sachen! Das ist doch nicht witzig, Mensch! Emilys und Finns Vater ist verschwunden, da macht man doch keine Streiche!" Sie schnaubte, schüttelte den Kopf und drehte sich zu Emily um. "Es tut mir echt leid, ich muss mich ..." Ihre Augen weiteten sich. "Wo ist Finn?"

Emily drehte sich um. Er war nirgends zu sehen.

"Da, seine Spuren", sagte Torben und zeigte auf den matschigen Boden, in dem man die Abdrücke ihrer Schuhe gut erkennen konnte. "Er ist umgedreht!"

"Zurück zur Pyramide!", rief Emily und rannte los, dass der Schlamm spritzte.

Sie liefen durch das hohe Gras, das den Blick auf die Pyramide zunächst verdeckte.

"Da!", rief Emily und deutete nach vorn.

Tatsächlich, da stand Finn am Rand der Grube, die um die Pyramide ausgehoben worden war. Er starrte hinunter und schien völlig in seine Gedanken versunken. Als Julia ihn vorsichtig an die Schulter tippte, zuckte er zurück.

"Hey, was ist los?", fragte sie. "Du warst plötzlich verschwunden."

Er schüttelte den Kopf, so als wäre er gerade erst aufgewacht. "Mir ist etwas eingefallen. Der Regen. Der Gott und die Blitzaxt. Papa!"

"Ich glaub, der hat sich den Kopf gestoßen", meinte Torben. "Oder eine Schlange hat ihn gebissen oder er hat einen dieser Frösche–"

Julia drehte sich zu ihm um und sagte ganz ruhig, aber bestimmt: "Wenn du jetzt nicht aufhörst, Blödsinn zu quatschen, *isst du* einen dieser Frösche."

Torbens Gesicht fror ein. Er nickte nur stumm.

"Also, was ist los?", fragte Emily und packte ihren Bruder am Arm. "Wovon redest du?"

Er sah sie an und zeigte dabei nach unten auf die Pyramide … auf die große Verzierung.

"Was ist, wenn das da gar kein Bild ist?"

"Ähm, Finn, das *ist* ein Bild", erwiderte Emily.

"Aber was, wenn es nur so aussieht und eigentlich etwas anderes ist?"

"Und was?", fragte Julia.

"Eine Tür."

"Wie kommst du darauf?", fragte Emily.

"Es ist nur eine Idee", sagte Finn. "Wir wissen, dass Chaac mit seiner Axt Blitze und Regen erzeugt, aber irgendwie sieht er auch so aus, als ob er die Pyramide bewacht, oder? So nach dem Motto: Pass auf, wenn du durch diese Tür gehst. Das ist gefährlich, also probier's lieber gar nicht."

"Na ich weiß nicht …"

"Warte mal, er könnte recht haben" sagte Julia. (Finn wurde ein bisschen rot.) "Und das Bild auf dieser Steinplatte sieht genauso aus wie die kleine Platte oben in der Ruine."

Sie wandte sich wieder Finn zu. "Denkst du, dass die Tür vielleicht genauso funktioniert wie das Chaac-Bild in der Ruine? Eine Öffnung für den Maya-Legostein sehe ich jedenfalls nicht."

"Ich auch nicht. Aber ich glaube, dass sich unser Vater nach dem Streit um die vordere Tür hierhin verzogen hat. Vielleicht hat er sich nicht mal was dabei gedacht. Und dann hat er so lange geschaut und probiert, bis die Tür aufgegangen ist."

"Du meinst, dein Vater ist *in* der Pyramide?"

Finn nickte wieder.

"Bist du sicher?", fragte Torben.

"Es gibt nur einen Weg, das herauszufinden", erwiderte Finn.

Und sprang in die Grube.

— 8. Kapitel: Donner und Blitze —

Er landete auf der schrägen Wand der Pyramide und rutschte das letzte Stück bis zum Grund des Grabens, wo auch die untere Kante der großen Steinplatte aus dem Schlamm hervorlugte.

"Kommt runter", rief er, "ist ganz leicht!"

Die anderen sprangen hinterher, wobei Torben auf die *obere* Kante des Chaac-Bildes zielte und es tatsächlich schaffte, sich daran festzuhalten. Jetzt hing er schräg an der Pyramidenwand.

"Und was soll das jetzt?", fragte sein Schwester von unten.

"Ich habe verstanden, dass wir die Teile drücken wollen", entgegnete er. "Und damit wir da drankommen, muss einer von uns hier oben sein."

"Gut mitgedacht", sagte Emily.

"Danke." (Jetzt wurde Torbens Gesicht etwas rot. *Ziemlich* rot sogar.)

"Okay, wie ging nochmal unsere Geschichte mit der Baumliste?", fragte Julia.

"Die Axt steckt im Baum, sie kommt also zuerst", sagte Finn.

"Soll ich schon drücken?", fragte Torben. "So richtig lange kann ich mich hier nicht halten."

"Warte kurz, bis wir die Geschichte zusammen haben", entgegnete Emily. "Also los: Die Axt steckt im Baum und in dem Baum ist ein Lichtschalter ..."

"... der wie ein Schild geformt ist", ergänzte Finn. "Und dann ... was kam zuerst, der Vogel auf dem Hocker oder die Schlange im Auto?"

"Der Vogel auf dem Hocker", sagte Julia. "Denn der Hocker steht für die Drei, also den dritten Schritt."

"Okay", keuchte Torben, "und dann kommt die Schlange im Auto. "Weil das so crazy ist, dass ..." – er holte wieder Luft – "... sich der Vampir in die rechte Hand beißt."

"Genau, und dabei fällt ihm ein Würfel aus der Nase", vollendete Emily. "Das ist es! Torben, du kannst loslegen!"

"Okay." Er streckte den linken Arm aus und drückte gegen die Blitzaxt.

Alles blieb still, nichts rührte sich.

"Probier's nochmal", sagte Emily. "Wenn mein Vater hier durchgekommen ist, *muss* es funktionieren."

Torben nickte nur und drückte wieder auf die Axt. Diesmal gab sie tatsächlich nach und verschwand in der Steinplatte.

"Jetzt der Schild." Finn reckte sich und drückte auf den großen runden Schild, der ebenfalls nachgab.

"Genial!", rief Julia. "Jetzt der Flügel, dann die Schlange."

Den Flügel, der weiter oben lag, drückte wieder Torben, und die Schlange übernahm Emily, die sie so gerade mit den Fingerspitzen erreichen konnte.

"Und zuletzt Nummer fünf und sechs: der Fangzahn und die Nase!"

Den Fangzahn schaffte Julia auf Zehenspitzen und mit allerletzter Kraft presste Torben gegen die Nase des Maya-Gottes. Für ein paar Sekunden sah es so aus, als würde Chaac zittern, dann schwenkte der linke Teil der großen Steinplatte ins Innere der Pyramide.

Torben ließ los und landete unten auf der Türschwelle, direkt neben Emily. Alle Vier schauten in den Gang, der sich vor ihnen öffnete. Darin war es stockfinster bis auf das gedämpfte Tageslicht, das aber nur ein paar Meter weit reichte. Dahinter lag gähnende Schwärze.

"Gruselig", meinte Finn.

"Hast du Angst?", fragte Julia.

Er schüttelte schnell den Kopf. "Nein, aber in Pyramiden gibt es oft Fallen, um die Schätze vor Räubern zu schützen. Wir müssen aufpassen."

"Und wir brauchen Licht", ergänzte Emily und schaltete das Licht an ihrem Handy ein.

Finn und Torben wollten es ihr nachtun, aber Julia warnte sofort: "Nicht alle auf einmal, sonst sind bald die Akkus leer und wir stehen im Dunkeln." Sie wandte sich ihrem Bruder zu: "Nur Emily und du, dann kannst du auch keinen Quatsch machen!"

Torben grinste. "Hast du eine Ahnung …"

"Okay, los jetzt", mahnte Emily, "bevor Davina und ihre Leute uns finden!"

Vorsichtig betraten sie den finsteren Tunnel, durch den die Handylichter zuckten wie große leuchtende Finger. Die Luft war feucht und stickig. Kaum waren sie einige Schritte weit gekommen, als die große Steintür hinter ihnen mit einem gewaltigen Krach zufiel. Es dauerte einen Moment, bis das Dröhnen und Klingeln in ihren Ohren nachließ und sie wieder einigermaßen gut hören konnten.

"So viel zu der Frage, ob diese Davina uns findet", sagte Julia und seufzte. "Jetzt ist eher die Frage, ob *wir* etwas finden, nämlich den Weg nach draußen!"

Torben hielt sich das leuchtende Handy unters Gesicht und brummte mit Geisterstimme: "Derrr Weg in das Licht führrrt durrrch die Dunkelheit, harrr-harrr-harrr! Also geht nur weiterrr ..."

Julia wandte sich an Finn und Emily. "Wenn er in Gefahr gerät, lassen wir ihn einfach zurück, abgemacht?"

Emily lachte und nickte, aber Finn zeigte nach vorn in den dunklen Gang. "Da glänzt was!"

Emily leuchtete den Gang hinunter. Tatsächlich funkelte da etwas, aber wie weit weg, ließ sich bei der Dunkelheit schwer einschätzen. Gemeinsam bewegten sich die Vier darauf zu, bis Julia aufgeregt flüsterte: "Ist das ein Gesicht?"

Die anderen antworteten nicht. Langsam näherten sie sich und erkannten eine hohe Wand, die den Gang abschloss und deren unterer Teil aus einem riesigen, maskenhaften Gesicht bestand. Finn studierte es, während Emily und Torben den Rest der Wand ableuchteten. Ein türkiser Schimmer wurde zurückgeworfen und hier und da blitzte etwas auf, das wie Gold aussah.

"Das ist nicht Chaac", sagte Finn und blieb vor dem maskenhaften Gesicht stehen. "Die Figur trägt einen Kopfschmuck aus Federn, aber die Nase ist ganz normal und die Haut hat keine Schuppen. Und es ist nirgendwo eine Axt zu sehen."

"Vielleicht ist das einer von diesen Hohepriestern", sagte Julia, die jetzt neben ihn trat. "Oder einfach eine Art Wächter."

"Vielleicht auch beides", meinte Emily. "Irgendwie sieht er schon wichtig aus und auch ein bisschen gefährlich."

Finn nickte. "Bleibt nur noch die Frage, was wir tun müssen, um an ihm vorbeizukommen?"

"Euer Vater muss es geschafft haben, sonst hätten wir ihn ja gefunden", sagte Julia.

"Wenn sich nicht eine Falle im Boden geöffnet hat und dann wieder zugegang– Aua!!", rief Torben, dem seine Schwester schnell gegen die Schulter geboxt hatte.

Emily fing an, die Umgebung gründlich mit ihrem Handylicht abzusuchen. Finn berührte vorsichtig die Maske, als der Boden erzitterte.

"Was war das?", fragte Torben. "Hast du was angefasst?"

Finn schüttelte den Kopf, war aber unsicher. "Ich habe nichts gedrückt, wenn du das meinst."

Wieder wurde der Boden erschüttert, diesmal länger und begleitet durch ein tiefes Rumpeln.

"Wenn ihr mich fragt", meinte Emily, "kommt das eher von vorne aus der Pyramide, nicht von unten."

Julia nickte. "Ich glaube, ich weiß, was los ist."

"Was denn?", fragte Torben ungeduldig.

"Die sind doch komplett durchgeknallt, diese Davina und ihre Leute! Ich wette, die versuchen gerade, die Pyramide aufzusprengen."

"Ich glaube, du hast recht", sagte Emily. "Das sähe denen total ähnlich."

"Und was machen wir jetzt?", fragte Finn.

Julia zuckte die Achseln. "Willst du deinen Vater finden?"

"Natürlich!"

"Dann müssen wir weiter versuchen, durch diese Tür oder Wand zu kommen, oder was immer es ist. Wenn die Pyramide zusammenbricht ..."

Jetzt boxte Torben seine Schwester auf die Schulter (aber nicht sehr heftig).

"Wofür war das denn?", fragte sie.

"Na wegen dem Vater … also, weil du gesagt hast, dass die Pyramide vielleicht zusammenbricht und er ist ja da drin und wenn sie zusammenbricht … also dann ..."

Julia verdrehte die Augen und wandte sich an Emily. "Sind alle Brüder so?"

Emily grinste. "Meistens."

Finn schlug sich vor die Stirn. "Mir fällt was ein! Julia, hast du den Schlüssel noch?"

"Welchen Schlüssel?" Im selben Moment erinnerte sie sich. "Ach, *der* Schlüssel. Der alte Maya-Legostein!"

"Genau. Vielleicht passt der in die Maske und schließt die Tür auf!"

"Lasst es uns rausfinden", antwortete Julia und griff in ihre Hosentasche.

"Hey, Leute", sagte Torben, "ich will euch ja nicht unterbrechen, aber war dieser Riss eben schon da?"

Er zeigte auf den Boden direkt vor der Maske. Dort verlief eine lange schmale Spalte, die ganz gerade aussah, wie mit dem Lineal gezogen.

Finn schüttelte den Kopf. "Das ist neu und kommt bestimmt von der Erschütterung. Sieht so aus, als würde die Bodenplatte bald auseinanderbrechen."

"Ja, genau", sagte Emily mit einem komischen Unterton. "Und weißt du, was mir noch aufgefallen ist?"

"Was denn?"

"Das ist die Bodenplatte, auf der wir stehen!"

Wieder rumpelte es im vorderen Teil der Pyramide. Diesmal zitterte der Boden nicht, er bebte, und der Riss weitete sich. Im Licht ihrer Handylampen rieselte Staub in eine gähnende schwarze Tiefe.

"Festhalten!", rief Torben.

"Und woran?", rief Emily zurück, doch im selben Moment brach schon das Chaos los. Die riesige Maske in der Wand fing an zu zischen, riss Augen und Mund auf und schleuderte blaue Blitze in ihre Richtung. Steine fielen von der Decke, der Boden spaltete sich in zwei Teile, die nach unten wegbrachen. Alle Vier verloren den Halt, Emily und Torben rutschten schreiend in die Tiefe, während Julia und Finn noch schnell eine Kante zu fassen bekamen. Unter ihnen hörten sie die beiden anderen schreien, immer tiefer und tiefer, und dann –

– ein gewaltiges Platschen.

"Ich – kann mich –", stieß Julia hervor, "nicht mehr – lange – halten."

"Ich – auch nicht", keuchte Finn und suchte verzweifelt nach Halt.

"Da – hilft nur – eins!"

"Und – was?" Finn starrte sie an.

"Loslassen!" Julia riss die Augen auf und fiel hinab in die Schwärze.

"Oh Mann", seufzte Finn und fiel hinterher.

— 9. Kapitel: Cenote —

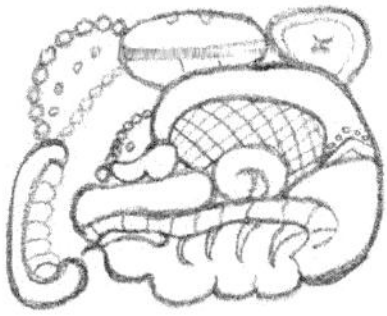

Sie taumelten tief und tiefer durch eine Dunkelheit, die sich groß und leer anfühlte. Finn bekam gerade Angst, dass der Sturz zu tief wurde, um ihn zu überleben, als sie hart aufs Wasser klatschten und eintauchten. Blubbern und Gurgeln umfing sie, das Wasser war aber nicht kalt, sondern erstaunlich warm. Finn strampelte, spürte die Panik kommen und sah plötzlich Licht von oben. Er machte einen Schwimmzug, spürte Julias Arm neben sich und griff danach, um sie hochzuziehen – aber das musste er gar nicht, denn im nächsten Moment stießen sie schon gemeinsam an die Oberfläche und schnappten nach Luft.

"Wow", prustete Julia, "das war cool!"

"Ja …" Finn hustete und spuckte Wasser aus. "Irgendwie schon."

"Irgendwie? Was heißt hier irgendwie?"

"Na ja, wir wussten ja nicht … ach egal. Wo sind die anderen?"

"Hey!", hallte es von irgendwoher. "Hallo!"

"Torben!", rief Julia zurück. "Wo seid ihr?"

"Hier drüben? Wo das Licht herkommt!"

Finn und Julia schauten nach links in die Richtung der Lichtquelle, die irgendwo hoch über ihnen lag. Im ersten Moment wurden sie geblendet, da ihre Augen sich zuvor an die Dunkelheit in der Pyramide gewöhnt hatten, aber nachdem sie die ersten Schwimmzüge getan hatten, konnten sie schon mehr erkennen. Über ihnen wölbte sich eine riesige Kuppel mindestens fünfzehn Meter in die Höhe, bis hinauf zu einer fast kreisrunden Öffnung, durch die gleißende Helligkeit in die Höhle fiel.

"Ist das die Sonne?", fragte Julia.

"Bestimmt", sagte Finn. "Das muss ein Cenote[1] sein."

"Eine Höhle mit einem See" – Julia musste Luft holen – "und einem Loch in der Decke?"

"Ja, genau."

"Wo bleibt ihr denn?", hallte es herüber. Das war wieder Torben.

"Wir sind gleich da!", rief Finn zurück.

"Ähm ... wieso stehen die im Wasser?", fragte Julia.

Finn versuchte zu erkennen, was sie meinte. Und tatsächlich, in etwa zehn Metern Entfernung standen Emily und Torben ziemlich genau unter dem Loch in der Höhlendecke – aber mitten auf dem Wasser, als würden sie auf der Oberfläche des Sees schweben!

---

[1] im mexikanischen Spanisch ungefähr so ausgesprochen: se-noh-tee (mit Betonung auf -noh-)

"Das gibt's ja nicht", sagte Finn und hätte fast einen Schwall Wasser geschluckt.

"Pah", gab Julia zurück. "Aber was die können, können wir auch!"

Sie schwamm jetzt schneller und Finn brauchte einige Züge, um sie einzuholen. Schnell näherten sie sich jetzt den beiden anderen, die tropfnass waren, aber grinsten.

"Cooler Trick, oder?", begrüßte sie Torben.

"Deine Füße sind unter Wasser", erwiderte Julia. "Du stehst irgendwo drauf!"

Im selben Moment spürte Finn, wie seine Schuhe über etwas Grobes, Rauhes scharrten. Vielleicht der Rücken eines riesigen Fischs mit gepanzertem Rücken und messerscharfen Zähnen? Und gleich würde er zuschnappen …

Nein, das fühlte sich eher nach Steinen an. Nach einem weiteren Schwimmzug fanden seine Füße festen Halt und es ging schnell aufwärts.

"Hier, gib mir deine Hand." Torben zog ihn das letzte Stück aus dem Wasser, während Emily Julia hinaushalf. Finn schüttelte sich wie ein Hund, der in einen Regenguss geraten ist, und schaute dann als Erstes auf seine Füße.

"Worauf stehen wir? Auf einer Ruine?"

Torben zuckte die Schultern, aber Emily schüttelte den Kopf.

"Das sieht natürlich aus", sagte sie. "Wie das Gestein, aus dem die ganze Höhle besteht."

Finn nickte. "Von diesen Orten gibt es viele in diesem Teil von Mexiko. Das Wasser höhlt das Gestein mit der Zeit aus und die Decke stürzt ein. Die Maya benutzten sie als Brunnen und warfen manchmal auch etwas hinein, als Opfergabe an ihre Götter."

"Auch Menschen?", fragte Torben.

"Du spinnst wohl!", schimpfte Julia und knuffte ihn.

"Leider nicht", sagte Finn. "Forscher haben auf dem Grund einiger Höhlenseen auch Skelette von Menschen gefunden."

"Wow", sagte Torben so laut, dass es von den Wänden widerhallte. "Wie cool!"

"Sicher nicht", widersprach Julia. "Außerdem sollten wir Hilfe rufen."

Emily schlug sich vor die Stirn. "Oh nein! Unsere Handys!"

Alle Vier holten ihre Smartphones aus den Hosentaschen und versuchten sie einzuschalten.

"Tja, die sind im Eimer", meinte Finn und gab auf.

"Meins auch. Und dabei ist das ein Outdoor-Modell!" Torben hielt enttäuscht sein Handy hoch und schüttelte es – als plötzlich ein Lichtstrahl vor seine Füße fiel. "Hey, das Licht funktioniert noch!"

"Na wenigstens etwas", sagte Finn.

"Pssst!", zischte Emily und legte den Zeigefinger an ihren Mund. "Ich höre Stimmen von oben!"

"Ja klar!", flüsterte Julia. "Das Loch muss ja ganz nah bei der Pyramide sein."

"Und wir sind vielleicht nur ganz knapp dran vorbeigelaufen", ergänzte Finn.

"Und wenn das Linda ist mit unserem Vater?", flüsterte Torben. "Vielleicht können sie ein Seil oder eine Leiter holen und uns hier raushelfen?"

"Es kann aber genauso gut diese Davina Dobbs sein. Und die wirft vielleicht kein Seil hier runter, sondern was anderes."

"Was denn?"

Julia gab ihm eine Kopfnuss, wenn auch eine leichte. "Schalt mal deinen Prozessor ein!"

"Ähm ..."

"Sprengstoff", sagte Emily. "Außerdem müssen wir noch unseren Vater finden, und der ist irgendwo hier unten."

"Ich frage mich", flüsterte Finn, "ob er es durch die Tür mit der Maske geschafft hat oder ins Wasser gefallen ist wie wir."

"Lasst es uns rausfinden", erwiderte Julia. "Ich glaube, da hinten ist eine Art Tunnel."

Sie zeigte zum Rand des Cenote und ging los, vorsichtig, aber entschlossen durch das Wasser watend. "Seht nur", flüsterte sie aufgeregt, "das Gestein führt genau auf den Tunnel zu!"

Die anderen folgten ihr, so schnell und leise es ging, erst Finn, dann Emily und Torben ... der plötzlich anfing zu singen.

Emily fuhr herum. "Bist du durchgeknallt? Willst du uns verraten?"

Im nächsten Moment erklang von weit oben, aus der Öffnung in der Höhlendecke, ein lautes Rufen.

"Aquí, aquí! Los niños!"

"Na toll", sagte Emily und tippte ihm mit dem Zeigefinger auf die Brust, "siehst du jetzt, was du angerich–"

Sie brach ab, weil Torben angefangen hatte, mit den Armen zu rudern.

"Hey, ich verlier ...", er kippte fast wie in Zeitlupe nach hinten, "... das Gleichgewicht!"

Er schaffte es gerade noch, seinen Fall zur Seite abzulenken, weg von den spitzen Steinen unter der Oberfläche – und landete mit einem gewaltigen Platscher im Wasser.

"Nicht unelegant", bemerkte Julia, "aber gerade überhaupt nicht hilfreich."

Wie zur Bestätigung erschallte eine laute Männerstimme von oben: "Allí están! Allá abajo!"

Und dann eine zweite: "Alto! Bleiben stehen!"

"Sehr witzig", schimpfte Torben und spuckte Wasser aus. "Helft mir lieber raus!"

Jetzt erklang eine dritte Stimme, hell und schrill: "Kinder, so wartet doch! Wenn ihr uns helft, den Schatz zu finden, bekommt ihr auch eine Belohnung!"

Kein Zweifel: Davina Dobbs.

"Danke, aber nein, danke", zischte Finn und half Emily, Torben zurück auf die natürliche Unterwasserbrücke zu ziehen. Den Rest der Strecke liefen sie, so schnell sie konnten, und hatten fast den Tunnel erreicht, als ein sehr heller Lichtschein vor ihnen an der Wand aufflammte.

Sie drehten sich um und sahen, dass jemand einen sehr großen und starken Scheinwerfer durch die Öffnung in der Höhlendecke hielt und damit in ihre Richtung leuchtete.

"Kinder", flötete Davina Dobbs von oben, "ihr solltet wirklich auf uns warten. Wir wollen doch nicht, dass diese Männer auf euch schießen!"

"Diese Männer", rief Emily zurück, "befolgen doch nur ihre Befehle!"

"Und außerdem trauen Sie sich das sowieso nicht!", schrie Torben hinterher.

Es gab einen ohrenbetäubenden Knall und von der Felswand hinter ihnen flogen Splitter in alle Richtungen. Einer traf von Julia am Oberarm.

"Aua! Sind die verrückt geworden?"

Torben griff in seine hintere Hosentasche und holte etwas hervor. "Keine Angst, das erledige ich." Er hob die linke Hand, in der er plötzlich eine Steinschleuder hielt, spannte die Zwille – und schoss.

Es gab ein Klirren gefolgt von etwas, das sich wie eine kleine Explosion anhörte. Der Scheinwerfer erlosch und jemand fluchte laut.

"Treffer!", rief Emily begeistert.

"Na logo!", sagte Torben. "Uralte Technik, funktioniert immer!"

"Los jetzt", mahnte Finn, "bevor die noch anfangen, wild durch die Gegend zu schießen." Damit drehte er sich um, sprang das letzte Stück ans Ufer und rannte in den Tunnel.

— 10. Kapitel: Ins Labyrinth —

Die anderen folgten ihm und hörten, wie Davina Dobbs und ihre Männer weiter aufgeregt hinter ihnen her riefen. Finn stürmte unbeirrt voraus und schien immer schneller zu werden – bis er wie vom Donner gerührt stehen blieb. Als die anderen zu ihm aufschlossen, zeigte er nach vorne:

"Seht mal! Feuer!"

"Vielleicht eine Fackel", sagte Torben. "Das ist doch nichts Besonderes, so was sieht man doch immer wieder im Film."

"Klar", entgegnete Emily, "aber das wäre ein schlechter Film, in dem eine Fackel in einem Gang brennt, durch den seit Jahrhunderten kein Mensch mehr gekommen ist."

"Wie meinst du … ach so!" Er schlug sich vor die Stirn. "Du meinst, euer Vater hat sie angezündet!"

"Oder der Geist eines alten Maya-Priesters", ergänzte Julia.

Finn wollte etwas erwidern, als die Stimmen aus dem Cenote noch lauter wurden und ein metallisches Scheppern ertönte, und zwar mehrmals hintereinander.

"Das klingt, als ob die eine Leiter in die Höhle runterlassen", meinte Julia.

Finn nickte. "Wir sollten lieber weiter, Maya-Geist hin oder her."

Sie liefen weiter dem Feuerschein entgegen, bis der Tunnel aufhörte und sie in eine Art Halle kamen, deren vorderer Teil tatsächlich durch eine Fackel erleuchtet wurde. Sie steckte in einer hohen, steinernen Halterung direkt vor ihnen, die wie eine riesige Vase aussah. Torben reckte sich und hob sie heraus.

"Cool!", sagte er. Seine Stimme hallte hoch und weit und kam sogar als Echo zurück.

"Wow, der Raum muss riesig sein", sagte Emily. "Ob wir jetzt wieder in der Pyramide sind?"

"Eher darunter", meinte Finn. "Paps muss hier durchgekommen sein, er hat bestimmt die Fackel für uns angezündet."

"Hoffen wir es."

"Ich glaube, er hat sogar eine Nachricht hinterlassen." Julia zeigte ein Stück weiter nach vorn, auf den groben und staubigen Steinboden.

Sie traten näher und Torben hielt die Fackel dichter an den Boden. Was sie sahen, war eine Liste von Worten und Pfeilen …

LABYRINTH! GEFAHR!!!

Alien mit Kapuze →

Bildschirm Zunge raus ←

Straße mit 2 Ohren ←

Klee 4 Blätter ↑

Lätzchen →

Typ Verband 3 Zähne ←

2 Augen Schnurrbart →

Totenkopf!!! →

Mann Mais schreibt ↑

"Kann es sein, dass euer Vater sich den Kopf gestoßen hat?", fragte Torben.

Julia gab ihm wieder einen Klaps. "Trottel."

"Ich meine ja nur, weil …"

"Wir wissen, was du meinst. Aber er hat sich bestimmt was bei den Wörtern gedacht."

Finn nickte. "Ich glaube, es ist eine Wegbeschreibung. Er beschreibt Bilder, die wir finden, wenn wir in das Labyrinth gehen."

"Welches Labyrinth?", fragte Torben.

"Das da", sagte Finn, nahm ihm die Fackel ab und leuchtete damit voraus.

Im flackernden Feuerschein erkannten sie, dass sie am oberen Absatz einer breiten Treppe standen. Diese führte hinunter zu einem Gewirr aus Mauern, das teilweise überdacht war und sich weiter erstreckte, als sie sehen konnten. Am Fuß der Treppe befand sich eine türlose Öffnung, etwa so breit, dass ein Erwachsener hindurchpasste – oder zwei Kinder.

"Okay", sagte Emily. "Wenn Paps es geschafft hat, da reinzukommen, schaffen wir das auch."

"Woher willst du wissen ...", sagte Torben und unterbrach sich selbst. "Ja klar, er ist ja zurückgekommen und hat die Botschaft für uns aufgeschrieben!"

Finn nickte. "Genau. Und die sagt, dass das Labyrinth gefährlich ist. Wir müssen also aufpassen und uns gut merken, wo wir wie abbiegen müssen."

"Klarer Fall für Greg Ohrstaub", sagte Julia. "Wir müssen die Wegbeschreibung auswendig lernen."

Hinter ihnen, in der Cenote-Höhle, wurde es wieder lauter.

"Und zwar schnell", meinte Emily. "Am besten machen wir eine Geschichte draus."

"Genau", sagte Julia. "Wir dürfen nur nicht mit links und rechts durcheinanderkommen."

""Kein Problem." Emily strahlte. "Wir bauen einfach zwei Gegenstände in die Geschichte ein: einen, der für links steht, und einen für rechts!"

"Häh?", machte Torben.

"Also zum Beispiel so." Julia zeigte auf die Liste auf dem Boden und holte tief Luft. "Ein *Alien mit einer Kapuze* gibt uns einen Rechen – der steht für rechts. Wir biegen also rechts ab und treffen einen *Bildschirm, der uns die Zunge rausstreckt,* und auf der Zunge liegt ein ... ein ..."

"Lippenstift!", rief Emily.

"Wieso ein Lippenstift?", fragte Torben.

"Weil man sich das gut merken kann", erklärte Julia. "*Rechen* bedeutet *rechts, Lippenstift* bedeutet *links*. Also, wie geht es weiter?"

"Ist doch ganz einfach", sagte Emily. "Der Bildschirm bemalt sich die Lippen und wirft dann den Lippenstift auf die *Straße*."

"Also laufen wir links die Straße entlang, bis wir an die nächste Station kommen: *zwei riesige Ohren*", ergänzte Finn.

"Hey", rief Torben, "und in dem einen Ohr steckt wieder ein Lippenstift!"

"Und zwar im linken, das passt genial!", sagte Emily.

Julia nickte. "Genau. Wir laufen also nach links und finden ein *vierblättriges Kleeblatt*, aber da ist kein

Lippenstift und auch kein Rechen. Nur das Kleeblatt."

"Was bedeutet, dass es da geradeaus geht", warf Finn ein.

"Genau! Wir laufen also geradeaus und finden ein *Lätzchen* auf einem Rechen. Das heißt, es geht nach rechts."

"Und aus dem Lätzchen machen wir einen *Verband für einen Typen, dem drei Zähne* wehtun", ergänzte Torben aufgeregt. "Und der schenkt uns dafür einen neuen Lippenstift, weil es da nach links geht."

"Ich wusste gar nicht, dass du so viel Fantasie hast", sagte Julia.

Torben zuckte die Schultern und grinste. "Nur wenn's so viel Spaß macht wie das hier!"

"Okay, wir sollten trotzdem schnell machen, weil Davina mit ihren Leuten hinter uns her ist", mahnte Finn. "Also, als Nächstes steht da: *zwei Augen und Schnurrbart,* und daneben ist ein Pfeil nach rechts. Hmm ..."

"Ganz einfach", sagte Julia. "Das ist das Gesicht von einem Clown und der hat einen Rechen, mit dem er sich den Bart kämmt. Das ist ein lustiges Bild, das kann man sich gut merken."

"Also laufen wir da nach rechts und treffen einen *Totenkopf,* der auch einen Rechen hat", erklärte Emily, "aber er ... er ..."

"Verfolgt uns damit und wir hauen ab und laufen nach rechts", ergänzte Torben.

Finn nickte. "Gute Idee. Und am Ende steht da ein berühmter Mann mit einem Maiskolben und gibt uns keinen Lippenstift und auch keinen Rechen, sondern sein Autogramm."

"Das ist Greg Ohrstaub!", ergänzte Emily. "Ich habe nämlich vergessen, ihn in der Schule nach seinem Autogramm zu fragen."

"Okay", sagte Torben. "Und was passiert dann?"

Julia seufzte. "Das ist doch egal, die Liste mit den Hinweisen ist zu Ende!"

"Mir ist das nicht egal. Ich brauche das für meine Fantasie."

Julia schlug die Hände vors Gesicht und schüttelte den Kopf, aber Emily und Finn mussten lachen.

Sie wiederholten die Geschichte zweimal, um sie sich auch gut einzuprägen. Zuerst war Emily dran, dann Julia. Finn wollte gerade mit einer dritten Wiederholung anfangen, als sie im Tunnel hinter sich plötzlich Stimmen hörten – und Schritte, die schnell näher kamen.

"Keine Zeit mehr!", rief Finn und leuchtete die Treppe hinunter. "Los, wir müssen ins Labyrinth!"

Sie rannten die Treppe hinunter und durch den Eingang, zuerst Torben und Emily, gefolgt von Finn und Julia.

Der erste Gang des Labyrinths empfing sie mit feuchter, modriger und irgendwie schwerer Luft.

Zunächst ging es ein paar Meter geradeaus, und gerade als hinter ihnen, am Eingang der Halle, die ersten Stimmen riefen, stießen sie auf eine Gabelung. An der Wand vor ihnen, die mit einer Art rauem Mörtel verputzt war, befand sich eine merkwürdige Zeichnung:

"Das Alien mit der Kapuze!", rief Torben.

"Schschscht!", zischte Julia. "Wir müssen leise sein, die sind doch gleich hinter uns!"

"Okay", flüsterte er zurück. "Das Alien gibt uns einen Rechen, richtig? Also müssen wir da lang." Er zeigte nach rechts.

Die anderen nickten und Finn ging mit der Fackel voraus, so vorsichtig und doch zügig wie möglich, um von den Verfolgern wegzukommen. Schon nach wenigen Metern stießen sie auf ein Hindernis: einen Haufen zerbrochener Steinbrocken, der so hoch war, dass sie den Boden dahinter nicht sehen konnten, nur einen Teil der Wände und flackernde Schatten. Aber das Licht der Fackel reichte nicht sehr weit.

"Da hilft nur Klettern", flüsterte Torben.

"Und was, wenn dahinter ein Abgrund ist?", fragte Emily. "Vielleicht ist da auch der Boden weggebrochen durch die Explosion?"

Finn schüttelte den Kopf und leuchtete mit der Fackel nach oben. "Das hier sind Trümmer von der Decke, nicht vom Boden. Das Labyrinth war mal überdacht und dann ist die Decke irgendwann eingestürzt."

"Und das ist schon länger her, so wie es aussieht", ergänzte Julia. "Also weiter!"

Torben kletterte als Erster los, auf allen Vieren, dann folgte Finn, der sich allerdings nur mit einer Hand abstützen konnte, weil er ja die Fackel hielt. Emily und Julia hielten etwas Abstand, bis sie hinter sich Stimmen hörten, die vom Eingang des Labyrinths zu kommen schienen.

"Schneller!", zischte Julia.

"Sollten wir nicht lieber die Fackel ausmachen?", fragte Emily. "Sonst können die uns doch sehen!"

Julia nickte nur. Sie kletterten schnell über die Kuppe des Geröllhaufens, auf dessen anderer Seite die Jungs warteten. Da war kein Abgrund, nur ein paar weitere Steinbrocken hier und da und ein Gang, der sich weiter vorn wieder gabelte – diesmal nach links, geradeaus und nach rechts.

Während sie weitergingen, leuchtete Finn die Wände ab, um den nächsten Hinweis zu finden, sah aber nichts.

Julia tippte ihn an die rechte Schulter. "Da, auf dem Boden!"

Tatsächlich, dort schien etwas in den Boden eingeritzt zu sein. Torben kniete sich hin und pustete, so stark er konnte. Staub wirbelte auf und gab ein neues Bild frei:

"Okay, das ist der Bildschirm, der uns die Zunge rausstreckt", sagte Emily. "Cool!"

"Und auf der Zunge liegt ein Lippenstift, den der Bildschirm auf die Straße wirft", sagte Finn. "Also geht's links weiter, bis wir dann irgendwann zu einem Bild kommen, das wie eine Straße mit zwei Ohren aussieht. Stimmt's?"

"Stimmt", bestätigte Julia.

Gerade als sie den linken Gang betreten wollten, erhob sich aus dem mittleren Durchgang ein kräftiger, kalter Wind.

"Vielleicht ist das auch ein Zeichen", flüsterte Torben mit gespielt schauriger Stimme. "Vielleicht ist das ein Geist, der uns in diesen Gang locken will, damit wir in einen dunklen Abgrund stürzen und ganz tief fallen und immer tiefer ..."

"Kannst du nicht einfach mal den Ton abstellen?", fragte Julia. "Nur für fünf Minuten?"

"Nee."

"Egal, also jetzt geht's hier lang", sagte Finn und betrat als Erster den linken Gang.

Im gleichen Moment rief jemand hinter ihnen etwas, das sie nicht verstanden.

"Das klang zum Glück noch nicht sehr nah", sagte Julia.

"Wenn Davinas Leute die Tricks von Greg Ohrstaub nicht kennen, brauchen sie sowieso länger als wir", ergänzte Emily.

"Oder der Geist lockt sie in seinen Abgrund", sagte Torben.

"Das wäre aber auch nicht gut."

"Sollen sie halt vorsichtig sein. Oder uns in Ruhe lassen."

"Hey, da ist die Straße mit den zwei Ohren!", sagte Finn und zeigte nach vorn.

Diesmal war das Zeichen wieder in die Mauer eingemeißelt, mitten zwischen zwei weiteren Durchgängen.

"Tja, geht's jetzt nach links oder nach rechts?", fragte Torben, als wüsste er die Lösung. "Lippenstift oder Rechen?"

"Witzig. Du hattest selbst die Idee, dass in einem der Ohren ein Lippenstift steckt, sogar im linken", erwiderte Julia. "Also geht es eindeutig nach links."

Plötzlich lief ein neues dumpfes Grollen durch den Boden und ließ ihre Beine erzittern.

"Die sprengen doch wohl nicht weiter!", schimpfte Emily.

"Denen ist alles zuzutrauen", entgegnete Finn und ging weiter, entschlossen die Fackel haltend. "Welches Zeichen kam nochmal als Nächstes? Ein Kleeblatt?"

"Genau, mit vier Blättern", sagte Julia. "Aber da gibt es keinen Lippenstift und keinen Rechen, also müssen wir da geradeaus."

"Ich sehe die Gabelung!", rief Torben und zeigte nach vorn, auf eine weitere Aufspaltung des Gangs in drei Tunnel.

"Aber wo ist das Kleeblatt?", fragte Finn.

"Vielleicht da drunter?" Emily deutete auf eine Steinplatte, die zwischen dem rechten und dem mittleren Gang lag und in zwei Teile zerbrochen war.

"Kommt, helft mir mal", sagte Torben und machte sich daran, den oberen Teil der Platte umzudrehen. Finn half ihm, während Emily und Julia den unteren Teil übernahmen.

"Du hattest Recht!", sagte Torben schließlich aufgeregt, als sie die beiden Platten umgedreht hatten. "Da ist es!"

"Also geht es wirklich geradeaus, wenn euer Vater recht hatte", sagte Julia.

"Natürlich hatte er recht", entgegnete Finn, "sonst wäre er ja nicht zurückgekommen, um für uns die Zeichen aufzumalen."

"Stimmt."

Nachdem sie den mittleren Gang betreten hatten, stießen sie zunächst auf keine weitere Abzweigung mehr. Hier war die Decke des Labyrinths noch vorhanden, so dass der Tunnel sie ganz umschloss und auch der Feuerschein von Finns Fackel nicht nach außen dringen konnte – was umso besser war, denn so würde es für Davina Dobbs und ihre Leute noch schwerer werden, ihnen zu folgen.

Plötzlich blitzte vor ihnen etwas auf. Und noch einmal.

"Eine neue Falle?", fragte Torben.

Finn ging langsam weiter. "Ich glaube eher ..."

"Das ist eine alte Rüstung!", entfuhr es Julia, etwas zu laut.

Torben sah aus, als ob er einen Spruch machen wollte, ließ es aber bleiben, als Emily fragte: "Steckt da noch einer drin?"

Finn erwiderte nichts, sondern trat näher an die Überreste der Rüstung heran und beleuchtete sie genauer. Es handelte sich um ein Kettenhemd ohne Ärmel und daneben lag ein Helm, der immer noch ein bisschen glänzte und den Schein der Fackel zurückgeworfen hatte. Der Helm hatte einen hohen Kamm, einen geschwungenen Rand, der vorne und hinten nach oben gebogen war, und viele feine Verzierungen.

Torben kniete sich hin und berührte vorsichtig das Kettenhemd. "Wow ... das fühlt sich cool an. Und ziemlich schwer."

"Das ist irgendwie gruselig", sagte Emily.

"Ich fänd's gruseliger, wenn das Skelett noch da wäre", sagte Julia.

Torben hob den Helm auf und drehte ihn in den Händen. "Der sieht gar nicht so groß aus. Ob der mir passt?"

Er wollte den Helm aufsetzen, aber Finn hielt seinen Arm fest und schüttelte den Kopf. "Das würde ich lassen."

"Wieso?"

"Weil die Maske vorhin blaue Blitze gespuckt hat und der Helm aus Metall ist. Und weil der spanische Soldat, der ihn getragen hat, vielleicht von einem solchen Blitz getötet wurde."

Torben nickte, legte den Helm vorsichtig wieder auf den Boden und richtete sich auf. "Okay. Und wie geht's jetzt weiter?"

"Mit einem Lätzchen, das auf einem Rechen liegt", erklärte Julia.

"Da vorne kommt die nächste Abzweigung", sagte Finn und trat einen Schritt nach vorn. Der Boden knirschte, etwas schnarrte metallisch, über ihnen knallte es und Finn wurde zurückgeworfen und prallte gegen die anderen und warf sie um und die Welt wurde ein gleißendes heißes Licht, das alles andere auslöschte.

— 11. Kapitel: Die Feuerleiter —

"Finn! Finn!!!"

Überall tanzten kleine Funken und Sternchen wie von tausend Wunderkerzen, die nicht ausgehen wollten, sondern immer weiter durch die Luft zuckten und dabei kleine Leuchtspuren zogen. Ansonsten war es dunkel, denn die Fackel war ihm aus der Hand gefallen und ausgegangen.

"Finn, sag was!"

Julia und Emily knieten neben ihm und rüttelten an seinen Schultern, während Torben verzweifelt versuchte, irgendwie doch noch sein Handy wieder anzubekommen, um Hilfe zu rufen.

"Nix", sagte er und seufzte. "So ein Mist."

"Ich glaube, er kommt zu sich!", rief Julia, ohne einen Gedanken daran zu verschwenden, dass die Verfolger sie vielleicht schon hören konnten.

Und tatsächlich – Finn öffnete die Augen, blinzelte und setzte sich auf. "Was ist passiert?"

"Du hast gerade von Blitzen gesprochen und Torben gewarnt", erklärte Julia, "und dann hat dich einer getroffen."

"Ein was?"

"Na ein Blitz", sagte Emily. "Bist du okay? Ich meine, abgesehen von deiner ... ähm ...."

"Meiner ähm was?" Finn schüttelte sich und kam langsam auf die Beine, die allerdings noch ziemlich wacklig waren.

"Abgesehen von deiner Frisur", sagte Julia. Sie musste trotz allem ein bisschen grinsen und zeigte auf seinen Kopf, von dem die Haare wild abstanden wie bei einem Stachelschwein, das in einen Wirbelsturm geraten ist.

Finn fuhr sich kurz durch das, was mal eine Frisur gewesen war, aber das half nichts. Er zuckte die Schultern. "Ist ja auch egal. Also ist das hier wirklich eine Stromfalle. Cool!"

Torben nickte. "Die hat damals bestimmt auch den spanischen Soldaten erwischt."

"Aber warum Finn nicht?", fragte Julia. "Oder euren Vater? Der muss ja auch hier durchgekommen sein."

"Vielleicht ist sie nicht mehr stark genug nach der langen Zeit", meinte Emily.

"Gut möglich. Trotzdem müssen wir da jetzt irgendwie durch."

"Wenn das eine Art Batterie ist, die die Maya mit ihrem Wissen von damals gebastelt haben, braucht sie bestimmt einige Zeit, um sich wieder aufzuladen", sagte Finn.

"Willst du da wirklich nochmal durchgehen?", fragte Julia. "Wollen wir das echt riskieren?"

"Ich habe eine Idee", sagte Torben, bevor Finn antworten konnte. Er ging zurück zu den Resten der alten Rüstung, hob den Helm auf, trat auf die Stelle im Boden, an der Finn eben die Falle ausgelöst hatte, und warf blitzschnell den Helm nach vorn. Es zischte wieder und aus der Decke fuhr ein kleiner, diesmal aber nicht mehr so heller Blitz. Er traf den Helm, der kurz ein Knistern von sich gab und dann scheppernd auf den Boden fiel.

"Los, kommt!", rief Torben. "Schnell durch!"

Die Vier spurteten durch die Falle – und nichts passierte.

"Puuh, Glück gehabt", sagte Emily. "Das war aber eine richtig gute Idee!"

Torben sah aus, als würde er wieder rot werden, drehte sich schnell um und leuchtete mit seinem Handy voraus. "Da sind zwei Tunnel … und da ist das Lätzchen!"

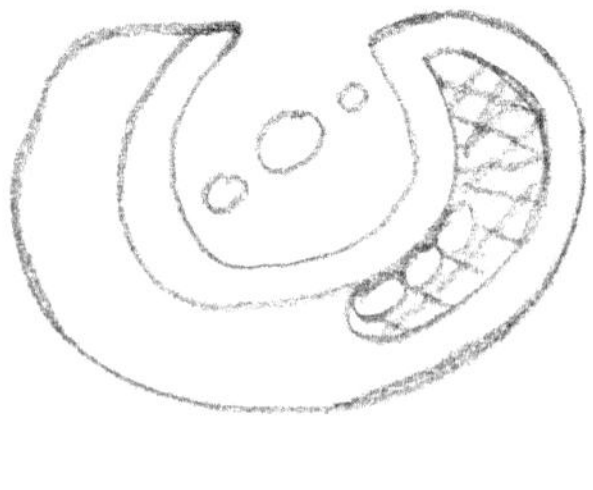

Julia trat näher an die eingeritzte Zeichnung und betrachtete sie genauer.

"Das sieht schon irgendwie wie ein Lätzchen aus", sagte sie. "Aber was soll es *wirklich* darstellen?"

"Vielleicht eine Halskette, mit Perlen und Edelsteinen", meinte Emily.

"Oder Sterne", schlug Torben vor.

"Wie kommst du denn darauf?", fragte seine Schwester.

"Na ja ..." Er zeigte auf den größeren Punkt in der Mitte. "Das da könnte die Sonne sein und das drumherum sind die Planeten und das große Ding außen, das wie ein Lätzchen aussieht ... hmm ..." Er zuckte die Achseln. "Dazu fällt mir nichts ein."

"Auf jeden Fall lag das Lätzchen auf einem Rechen, also müssen wir hier lang", sagte Finn und schritt voran in rechten der beiden Gänge.

Sie waren nur wenige Schritte gegangen, als Emily fragte: "Merkt ihr auch, dass es irgendwie heißer wird? Oder kriege ich Fieber?"

"Nein, mir geht's genauso", sagte Julia und wischte sich über die Stirn. "Hier gibt es aber doch keine Vulkane, oder?"

Finn schüttelte den Kopf.

"Vielleicht kommt jetzt gleich eine Falle mit Feuer oder so", sagte Torben und klang dabei fast so, als freute er sich darauf.

"Na toll", meinte Emily.

Torben erwiderte nichts, wurde aber langsamer und leuchtete noch gründlicher mit seinem Handy voraus. Das Licht erfasste eine leere Wand und zwei neue Gänge, die nach links und rechts abzweigten.

"Da ist das nächste Symbol", sagte Finn und deutete nach oben, an die Decke des Tunnels.

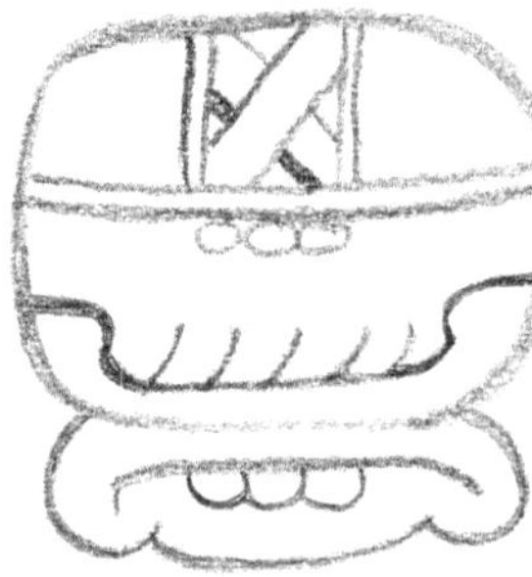

"Unverkennbar der Typ mit dem Verband und den drei Zähnen", sagte Julia. "Der sieht grimmig aus, aber weil wir ihm so einen schönen Verband gemacht haben, schenkt er uns einen …"

"Lippenstift", rief Emily.

"Also nach links", sagte Torben und trat in den linken Gang.

Die Luft wurde jetzt mit jedem Schritt wärmer und stickiger und das Atmen immer anstrengender.

"Als Nächstes kommt der Clown, der sich mit dem Rechen den Bart kämmt", sagte Finn. "Da müssen wir dann nach rechts."

"Aber wir müssen aufpassen", sagte Emily, "denn danach kommt der Totenkopf!"

Sie hatte den Satz gerade zu Ende gesprochen, als hinter ihnen ein gellender Schrei ertönte.

"Auauauhuuiiiiiii!!!"

Sie blieben stehen und schauten zurück, während der Schrei durch die Gänge des Labyrinths hallte.

"Das klingt fast, als würde einer jodeln", meinte Torben.

"Da ist bestimmt einer von Davinas Leuten in die Stromfalle gelaufen, die sich wieder aufgeladen hat", sagte Emily.

"Wir sollten auch aufpassen", erwiderte Julia und klang plötzlich sehr ernst und konzentriert. "Wer weiß, was uns noch erwartet."

Sie drehten sich um, gingen vorsichtig weiter und gelangten nach etwa zehn Metern an eine weitere Gabelung, von der diesmal vier neue Gänge abzweigten. Die Eingänge lagen alle dicht beieinander und weder an den Wänden noch an der Decke war eine Zeichnung zu sehen. Finn fing an, mit den Schuhen über den Boden zu scharren, um vielleicht dort das nächste Symbol freizulegen. Die anderen halfen ihm, aber vergeblich.

"Wartet mal", rief Torben und leuchtete mit seinem Handy in den zweiten Tunnel von rechts. "Da liegt doch was!"

"Hoffentlich keine Lei—" Emily sprach nicht weiter.

Torben betrat den Gang und bückte sich. "Das ist wieder eine Steinplatte! Mit der Clownsmaske drauf!"

Die anderen folgten ihm in den Gang und gemeinsam betrachteten sie das Zeichen.

"Heißt das, dass wir diesen Tunnel nehmen sollen?", fragte Julia.

"Hmmm ..." Finn kratzte sich am Kopf. "An diesem Zeichen sollten wir ja rechts gehen, aber es gibt vier Möglichkeiten und zwei Gänge, die nach rechts führen. Je nach dem, wo das Zeichen früher hing, hätten wir nicht gewusst, welchen der beiden Tunnel wir nehmen sollen. Ich denke mal, jetzt wissen wir es."

"Es sei denn, es ist wieder eine Falle", erwiderte Emily. "Vielleicht ist am Ende dieses Gangs eine Feuergrube? Weil es hier so heiß ist." Wie zur Bestätigung wischte sie sich über die Stirn.

"Ich bin ziemlich sicher, dass Paps die Platte hierhin gelegt hat", sagte Finn, "und der würde uns ja keine Falle stellen."

"Also weiter!", sagte Torben entschlossen und hielt wieder sein Handy hoch.

Sie gingen weiter und weiter, mindestens zwei oder drei Minuten lang. Schließlich stießen sie auf eine Wand zwischen zwei neuen, engeren Gängen, an der ein weiteres Zeichen angebracht war:

"Okay, das ist eindeutig", sagte Finn und rieb sich das rechte Auge, in das gerade ein bisschen Schweiß gelaufen war.

"Und ganz schön gruselig", ergänzte Emily. "Wenn das bedeutet, dass dahinter der Tod wartet, sollten wir besser nicht weitergehen."

"Und wie sollen wir dann euren Vater finden?", fragte Julia. "Und das Geheimnis der Pyramide entdecken?"

"Genau, er muss ja hier durchgekommen sein", sagte Torben.

"Ja, aber wir wissen nicht, ob er noch ..." Emily seufzte, dann gab sie sich einen Ruck und streckte das Kinn vor. "Ihr habt recht, wir müssen weiter gehen. Wie war das noch in unserer Liste? Der Totenkopf hat einen Rechen, mit dem er uns verfolgt, das heißt es geht nach rechts. Aber vorsichtig!"

Torben betrat als Erster den rechten Gang, der tatsächlich so eng war, dass sie nur hintereinander gehen konnten. Die Hitze wurde immer stärker, die Luft war geradezu heiß jetzt. Schließlich erreichten sie eine letzte Dreier-Gabelung, vor der auf dem Boden eine große Zeichnung eingeritzt war.

"Das ist Chaac", sagte Julia.

"Und er schreibt", ergänzte Finn. "*Mann, Mais, schreibt,* so stand es in der Liste."

"Vielleicht kocht er auch irgendwas", meinte Torben.

Julia schüttelte den Kopf. "Was er da in der rechten Hand hält, sieht nicht aus wie ein Löffel. Eher wie ein Stift. Und das andere ist ein Stapel mit Blättern."

"Und was bedeutet das?", fragte Emily. "Wieso schreibt er jetzt, wenn er sonst Blitze schleudert?"

"Vielleicht hat es etwas mit diesem Ort hier zu tun, mit der versunkenen Pyramide", sagte Finn. "Auf jeden Fall müssen wir hier geradeaus gehen, weil er keinen Lippenstift und keinen Rechen hat, sondern ..."

"Uns ein Autogramm gibt", ergänzte Emily.

"Genau."

Sie traten durch den mittleren Durchgang. Torbens Handylicht fiel auf einige Stufen, die aufwärts führten und auf denen ihre Schritte laut widerhallten.

"Wow, dieser Raum ist riesig", flüsterte Julia.

"Und vor allem hoch", sagte Torben, der schon das Ende der Treppe erreicht hatte und weiter nach oben leuchtete. "Seht euch das an!"

Vor ihnen erhob sich eine senkrechte Wand, die mindestens acht Meter hoch war. Sie bestand aus vielen quadratischen Steinplatten und sah dadurch aus wie ein großes, senkrecht stehendes Schachbrett, nur komplizierter: Denn in jede Steinplatte war ein Maya-Symbol eingraviert, von denen keines dem anderen glich.

"Die Hitze kommt aus der Wand", sagte Torben und streckte langsam die Hand danach aus.

"Pass auf!", flüsterte Emily.

"Keine Bange", sagte er und legte die flache Hand gegen eine der untersten Platten. "Autsch!" Er zuckte und zog die Hand schnell zurück.

"Wie clever", meinte Julia kopfschüttelnd.

"War gar nicht schlimm", sagte Torben und versuchte, keine Miene zu verziehen (was aber nicht wirklich klappte).

"Da muss irgendwo ein Feuer sein, entweder hinter der Wand oder darunter", sagte Finn. "Wieso und wozu, verstehe ich auch noch nicht."

"Okay, und was jetzt? Müssen wir da etwa hoch?", fragte Julia.

"Siehst du einen anderen Weg?", fragte Torben zurück.

"Vielleicht öffnet sich da irgendwo eine Tür, wenn wir auf die richtige Zeichnung drücken?"

Torben zuckte nur die Schultern und wandte sich an Finn. "Sie hat Höhenangst."

"Das ist ja wohl jetzt nicht das einzige Problem", erwiderte Julia und warf ihrem Bruder einen blitzigen Blick zu.

"Echt, du hast Höhenangst?", fragte Finn. "Aber du hast dich doch vorhin einfach fallen lassen, du weißt schon, als der Boden vor der Maskenwand eingebrochen ist..."

Sie zuckte die Schultern. "Da konnte ich ja nicht sehen, wie tief das war. Das hier ist was ganz anderes."

"Okay ... ich glaube aber auch, dass wir klettern müssen", sagte Finn.

"Vielleicht hat sie aber recht und man kann zusätzlich irgendwas drücken oder so", wandte Emily ein. "Wie oben in der Ruine.

"Da ist auf jeden Fall das Alien mit der Kapuze!", sagte Julia und zeigte auf eine Steinplatte weiter rechts, in der untersten Reihe.

Sie näherten sich vorsichtig der Platte, die unverkennbar dieselbe Zeichnung trug, die sie aus dem Labyrinth kannten. Emily streckte den Arm nach dem Symbol aus.

"Halt", sagte Torben und hielt ihren Arm fest. "Ich weiß was Besseres."

Er zog seinen rechten Schuh aus, trat zwei Schritte zurück und wollte ihn gerade gegen die Steinplatte werfen, als Julia weiter nach oben zeigte und rief:

"Da sind auch die anderen Symbole! Der Bildschirm, die Straße mit den zwei Ohren ..."

Finn trat ebenfalls von der Wand zurück und folgte ihrem Blick. "Und da ist das Kleeblatt, das Lätzchen ..."

"... und der Typ mit dem Verband ..."

"... und da ganz oben die Clownsmaske!", rief Emily. "Das muss es sein!"

"Was meinst du?", fragte Torben.

"Wir müssen nur die Platten in der richtigen Reihenfolge drücken und dann ... dann ..."

"Dann was?"

Sie zuckte die Schultern. "Ich weiß auch nicht."

"Lasst es uns ausprobieren", sagte Finn und machte eine Geste zu Torben. "Los, wirf deinen Schuh mal gegen das Alien."

"Kein Problem." Torben holte aus, doch im letzten Moment rutschte ihm der Schuh aus der schwitzigen Hand und prallte gegen die falsche Steintafel, links neben dem Alien-Symbol.

Die Hölle brach los. Es gab einen lauten Knall, die Platte klappte weg und ein glühender Feuerschwall schoss heraus wie der Atemstoß eines wütenden Drachens, der hinter der Wand gefangen gehalten wurde. Die Vier zuckten zurück, Emily schrie auf und wäre beinahe rückwärts die Treppe hinuntergefallen, wenn Julia sie nicht festgehalten hätte.

Genauso schnell war es wieder vorbei. Der Feuerstoß brach ab, die Platte klappte heraus und es war wieder das Symbol zu sehen (eine Art Stern mit vier Punkten drumherum).

"Mannomann", stieß Torben hervor, "das war aber knapp."

"Ist dir was passiert?", fragte Finn an seine Schwester gerichtet.

"Ich weiß nicht ..." Sie befühlte ihre Stirn. "Sind meine Haare verbrannt?"

"Nicht alle", sagte Torben und fing sich den nächsten Klaps von Julia ein. "Also ich meine, da sind höchstens die Spitzen ganz vorne was angekokelt", verbesserte er sich.

"Okay ... das guck ich mir dann später an." Emily stand auf, Julia half ihr dabei.

"Auf jeden Fall wissen wir jetzt, wie vorsichtig wir sein müssen", sagte Finn und wandte sich wieder an Torben. "Versucht du's nochmal?"

"Klar." Torben wischte sich die Hand an seiner Hose ab, hob den Schuh auf und warf. Diesmal traf er das Alien genau – mitten zwischen die Augen. Im Innern der Wand rasselte etwas, eines der Augen klappte weg und eine Art Metallschiene fuhr heraus, die etwa zehn Zentimeter breit war.

"Genial!", rief Finn. "Eine Treppe!"

"Wo siehst du da eine Treppe?", fragte Julia.

"Na ja, zumindest ist das die erste Stufe. Und seht mal ..." Er zeigte langsam über die Wand nach oben. "Unsere Zeichen folgen eins nach dem anderen, genau wie im Labyrinth und in unserer Geschichte. Zuerst das Alien, dann der Bildschirm mit der Zunge und so weiter. Wir müssen sie nur aktivieren, Platte für Platte und Stufe für Stufe."

"Und schon haben wir eine Treppe!", rief Julia. "Du hast recht!"

"Das wird trotzdem nicht einfach, da raufzuklettern, ohne eine der anderen Platten zu berühren", gab Emily zu bedenken.

"Und gegrillt zu werden!", fügte Torben hinzu.

"Wenn wir uns an der Platte abstützen, aus der die Stufe kommt, müsste es gehen", sagte Finn.

Julia schüttelte den Kopf. "Tut mir leid, aber da bin ich raus. Das schaffe ich nicht."

"Und wenn wir uns gegenseitig helfen? Zum Beispiel so", sagte Emily und stieg auf die erste Stufe, wobei sie sich am oberen Rand der Alien-Platte abstützte. "Jetzt der Bildschirm ..."

"Rechts über dir", sagte Finn.

"Ich sehe sie", erwiderte Emily und streckte den rechten Arm aus.

"Soll ich nicht wieder meinen Schuh werfen?", fragte Torben.

"Nein!", riefen die anderen Drei im Chor.

"Ist ja schon gut ...", grummelte Torben und zog den Schuh wieder an, während Emily auf die Platte mit dem Bildschirm-Symbol drückte. Und tatsächlich, die nächste Stufe fuhr heraus.

"Puuh", machte Julia. "Glück gehabt."

"Und denk dran", sagte Finn, "du darfst keine andere Platte berühren!"

"Schon klar." Emily streckte die linke Hand aus und legte sie auf den Rand des Bildschirm-Symbols, das ein wenig aus der Steintafel hervorragte. Dies gab ihr genug Halt, um auf die zweite Stufe zu steigen.

"Echt genial!", rief Torben. "Warte, ich komme hinterher!"

Er kletterte auf die erste Stufe und wartete, bis Emily die dritte Stufe (genau, die Straße mit den zwei Ohren) erklommen hatte. Gemeinsam machten die beiden weiter gute Fortschritte, während Finn und Julia am Fuß der Mauer warteten und genau beobachteten.

"Meinst du, wir sollten es auch versuchen?", fragte Finn schließlich. "Sieht doch ganz okay aus."

Julia schüttelte den Kopf. "Auf keinen Fall. Eher steige ich in eine Grube voller Schlangen."

"Echt so schlimm?"

Sie nickte. "Mir wird da total schwindelig, das wäre viel zu gefährlich."

"Dann bleibe ich auch hier."

"Nein, geh ruhig mit den an–"

"Huch!", schrie Emily, die gerade die fünfte Stufe erreicht hatte (richtig, das Lätzchen-Symbol) und mit dem Fuß abgerutscht war.

"Pass auf!", rief Torben und streckte blitzschnell den Arm aus, um ihr Bein zu packen und ihr Halt zu geben. Das klappte, aber als sie versuchte, sich links an der Wand abzustützen, traf sie die falsche Platte, die sofort nach innen wegklappte. Ein Feuerstoß fauchte aus der Wand. Emily zuckte zurück und wurde nur knapp verfehlt, Torben duckte sich weg–

"Autsch!"

"Torben!! Bist du okay?!", rief Julia von unten und klang plötzlich sehr besorgt um ihren Bruder, der erstmal in der Hocke blieb, bis der Feuerstoß erlosch und sich die Klappe über ihm wieder schloss. Dann richtete er sich auf und befühlte seinen Kopf. "Na ja, das meiste ist noch da. Riechen aber komisch, so verbrannte Haare."

"Sorry!", sagte Emily mit ziemlich zittriger Stimme. "Ich … also … oh je …"

Torben winkte ab. "Kein Problem. Musste sowieso zum Frisör."

"Okay, das reicht", sagte Julia und gab sich einen Ruck. "Man kann ihn einfach nicht alleine lassen!"

"Ja, aber …" Finn verschlug es die Sprache, als Julia mit plötzlicher Entschlossenheit anfing, die schmalen Stufen hinaufzuklettern. Auch Torben machte von oben große Augen, als er seine Schwester sah, und brachte gerade noch heraus: "Nicht nach unten gucken!"

Im nächsten Moment klackte etwas am Fuß der Wand, direkt vor Finn. Mit Schrecken sah er, dass die Stufe, die aus der untersten Steinplatte gekommen war, langsam wieder im Auge des Aliens verschwand.

"Na toll." Schnell stieg er auf die Stufe und sofort weiter auf die nächste, wobei er fast vornübergekippt wäre.

"Hey", rief Emily von hoch oben. "Ich hab's geschafft!"

Tatsächlich, schon reichte sie Torben die Hand und half ihm ebenfalls auf die Krone der Mauer. Das Tollste aber war, dass Julia nur eine einzige Minute brauchte, um zu ihnen zu stoßen. Gemeinsam feuerten sie Finn an, hinter dem eine Stufe nach der anderen zurück in die Wand glitt und der ausgerechnet auf der letzten Stufe das Gleichgewicht verlor – aber die anderen packten von oben seine Arme und zogen ihn über die Kante.

Endlich standen sie wieder alle nebeneinander, erleichtert und außer Atem, und fingen an sich umzusehen.

Da hallte eine bekannte Stimme zu ihnen herüber:

"Herrlich! Da seid ihr ja! Habt ihr vielleicht einen Taschenrechner?"

— 12. Kapitel: Ausgerechnet Mathe —

Sie liefen in die Richtung, aus der die Stimme gekommen war, und gelangten in einen weiteren großen Raum. Torbens Handylicht fiel zuerst auf eine große viereckige Säule, die etwa anderthalb Meter aus dem Boden ragte und auf deren Kopf ein kompliziert aussehender Mechanismus angebracht war. Rechts daneben ragten in dichtem Abstand rostige Stangen mit gefährlichen Widerhaken mindestens drei Meter hoch und bildeten eine Art Käfig. Darin stand jemand.

"Herr Forster!", rief Torben.

Emily lief zu ihm hin. "Paps, was ist passiert? Bist du ok?"

Alexander Forster nickte, sah aber ziemlich geschafft aus und zeigte mit einem Kopfschütteln auf den Mechanismus an der Säule. "Ich bin gar nicht schlecht im Kopfrechnen, aber dieses Ding war zu viel für mich."

"Was ist das denn?", fragte Finn.

"Eine Art Rechenmaschine, die einem mathematische Aufgaben stellt und dann prüft, ob man die richtige Lösung eingegeben hat."

"Cool", sagte Torben. "Ein Maya-Computer!"

"So kannst du es auch nennen."

"Und wozu ist der gut?", fragte Julia. "Ich meine, was passiert, wenn man alle Aufgaben richtig gelöst hat?"

Alexander Forster zuckte die Achseln. "Ich habe es leider nicht herausgefunden, aber ich glaube, dass dann diese Tür da aufgeht und man endlich das Zentrum der Pyramide erreicht hat."

Er zeigte hinter sich. Torben wollte hinleuchten, aber in diesem Moment ging sein Handy aus und es wurde dunkel. Wirklich stockdunkel.

"Da muss irgendwo meine Fackel liegen", kam es aus dem Käfig. "Ich habe sie vor Schreck fallen lassen und sie ist ausgegangen, aber ich habe hier ein Feuerzeug."

"Ähm, Paps?", sagte Finn.

"Ja?"

"Vielleicht machst du das Feuerzeug einfach mal an? Dann finden wir die Fackel schneller."

"Da hast du natürlich recht."

Etwas schnippte und schon erhellte die kleine Flamme des Feuerzeugs den allernächsten Umkreis des Käfigs. Emily fand die Fackel, hob sie auf und hielt sie an den Käfig, damit ihr Vater sie anzünden konnte.

"Hier drüben", sagte Torben, der um den Käfig herumgegangen war.

Sie folgte ihm und hielt die Fackel, so hoch sie konnte. Der flackernde Schein fiel auf eine weitere Wand einige Meter entfernt, die kleiner war als die letzte und hauptsächlich aus einer einzigen, großen Tür zu bestehen schien. Diese war wiederum mit vielen Symbolen und anderen Zeichen verziert, die sehr verschnörkelt waren und sich zu komplizierten Bildern zusammensetzten.

"Das sieht aber ziemlich verwirrend aus", meinte Emily.

"Ich sehe ein paar von den Symbolen aus dem Labyrinth", sagte Julia, "oder zumindest Teile davon."

"Die Schriftzeichen der Maya bestehen aus einzelnen Teilen, die entweder Silben oder Begriffe darstellen", erklärte Alexander Forster. "Das Alien mit der Kapuze zum Beispiel zeigt natürlich keinen Außerirdischen, sondern ist das Symbol für die Erde und die Kraft, die in ihr wohnt. Es bezeichnet auch einen Tag im Kalender der Maya und heißt *Caban*."

"Und die anderen Zeichen?", fragte Finn. "Wofür stehen sie?"

"Der Bildschirm mit der Zunge, oder genauer gesagt die Zunge selbst steht für Ik, den Gott des Windes. Die Straße mit den zwei Ohren bezeichnet Wasser oder das Meer. Das Kleeblatt ist das Zeichen für den Tag oder die Sonne."

"Und das Lätzchen?", fragte Emily.

"Vielleicht für die Sterne oder das Weltall?", fragte Torben.

"Fast richtig!", rief Alexander Forster. "Das Lätzchen-Symbol steht für den Mond und die restlichen Zeichen für den Himmel, einen Stern und den Tod."

"Aus denselben Zeichen besteht ja auch die Feuerleiter", meinte Finn. "Das muss doch etwas bedeuten …"

"Genau", sagte Emily. "Was haben diese Zeichen mit der Pyramide und ihrem Geheimnis zu tun, Paps?"

"Ich habe eine Theorie. Aber um herauszufinden, ob sie stimmt, müssen wir zuerst die Rechenmaschine besiegen."

"Ausgerechnet Mathe", stöhnte Torben.

"Mathematik ist eine Sprache, mit der man die Gesetze beschreiben kann, nach denen das Universum funktioniert", entgegnete Alexander Forster. "Ich denke, deshalb haben die Maya auch dieses Rätsel hier eingebaut, als wollten sie sagen: Nur wer klug genug ist, Mathematik zu benutzen, darf unser Geheimnis erfahren."

"Außerdem kann Mathe richtig Spaß machen", sagte Emily. "Denk doch an die Rechentricks, die Greg Ohrstaub uns gezeigt hat!"

"Da war ich nicht mehr dabei, weil ich … ähm … nun ja ..."

"Weil du aufs Klo musstest, um noch Mathe abzuschreiben, wetten?", sagte Julia.

Torben nickte und ließ den Kopf hängen. "Stimmt leider."

"Wie sollen wir denn verstehen, was die Maschine von uns will?", fragte Finn an seinen Vater gerichtet. "Die Maya hatten doch auch eigene Zeichen für ihre Zahlen, oder?"

Sein Vater nickte. "Aber das ist ganz einfach, also die Eins ist ein Punkt und die Zwei ist zwei Punkte und so weiter bis zur Fünf, die ist ein Strich. Die Sechs ist dann ein Strich und ein Punkt und die Sieben ein Strich und zwei Punkte und die zehn dann–"

"Zwei Striche", unterbrach Julia. "Aber dauert das nicht zu lange, bis wir das schnell genug können? Wollen Sie nicht die Zahlen lesen und in dieses Ding eingeben und wir übernehmen das Rechnen?"

"Coole Idee!", sagte Emily begeistert.

"Na wenn ihr meint ..." Ihr Vater streckte die Arme durch das Gitter seines Käfigs – sie waren gerade lang genug, dass seine Hände die Bedienfläche der alten Rechenmaschine berührten. "Eigentlich herrlich, findet ihr nicht? Selbst wenn man es beim zweiten Anlauf geschafft hätte und die Tür da oben aufgegangen wäre, hätte man hier in diesem Käfig gesessen und sich geärgert, dass man nicht genug Mathe geübt hat."

"Was sind das denn überhaupt für Aufgaben?", fragte Finn.

"Hauptsächlich müsst ihr multiplizieren. Aber auch zweistellige Zahlen und so."

"Hah! Kein Problem!", rief Emily. "Genau das Richtige für uns!"

"Also für mich auf keinen Fall", grummelte Torben.

"Für mich auch nicht so richtig", stimmte Finn zu. "Aber zusammen schaffen wir es vielleicht."

"Bist du dabei?", fragte Emily an Julia gewandt. "Greg Ohrstaub hat uns doch auch ganz viele Rechentricks gezeigt!"

"Ja klar. Ich weiß vielleicht nicht mehr alles, aber an das Malnehmen kann ich mich ziemlich gut erinnern."

"Okay, also los." Emily trat an den Mechanismus auf der Säule, die anderen taten es ihr nach. Ihr Vater bewegte seine Finger wie ein Klavierspieler, um sie gelenkig zu machen.

"Eigentlich komisch, dass dieses Ding nicht total verrostet ist, wo es doch so alt ist", meinte Torben.

"Hier ist die Luft ganz trocken, auch wegen der Hitze", erklärte Alexander Forster. "Außerdem glaube ich, dass jemand den Mechanismus regelmäßig kontrolliert und sicherstellt, dass er funktioniert. Auch nach so vielen Jahren noch."

"Aber wer?", fragte Finn.

Sein Vater zuckte die Schultern. "Wahrscheinlich dieselben Menschen, die seit Jahrhunderten das Feuer hinter der Wand am Brennen halten."

"Was kann das für ein wertvoller Schatz sein, der so lange hier versteckt wird?", fragte Julia.

Alexander Forster lächelte geheimnisvoll. "Lasst uns loslegen, sonst finden wir es nie heraus."

Er drückte auf eine kleine Scheibe, die aussah wie ein Knopf, und schon fing es in der Maschine an zu rattern. In der Mitte drehten sich verschiedene Plättchen, schnell und immer schneller, wurden dann wieder langsamer und blieben schließlich stehen. Sie zeigten verschiedene Kombinationen aus Punkten und Strichen.

"Okay", sagte Alexander Forster, "die Aufgabe lautet … sechsunddreißig mal fünf!"

Eine Sekunde, zwei Sekunden ...

"Hundertachtzig!", rief Emily.

"Ja, Moment …" Selbst ihr Vater klang überrascht, drehte aber an schnell an mehreren kleinen Rädchen, um eine neue Kombination einzustellen. Dann drückte er wieder den Knopf und in der Maschine machte es *PING*.

"Sehr gut. Es geht weiter!" Er drückte wieder den Knopf, die Plättchen drehten sich aufs Neue und kamen wieder zum Stehen.

"Vierzehn mal zwölf!"

Eine Sekunde, zwei Sekunden, drei …

"Hundertachtundsechzig!", rief Emily.

Alle hielten den Atem an, während ihr Vater die Maya-Zeichen für diese Zahl an der Maschine einstellte und wieder den Knopf drückte.

PING.

"Genial", sagte Julia. "Ich glaube, mir fallen auch wieder ein paar Rechentricks ein."

"Dann hilf mit!", erwiderte Emily.

"Gut, hier kommt die nächste Aufgabe", sagte ihr Vater. "Dreiundvierzig mal elf."

"Mal elf ist einfach!", rief Emily. "Moment ..."

"Vierhundertdreiundsiebzig!", rief Julia.

"Ja, genau", bestätigte Emily.

Ihr Vater stellte die Zahlen ein, drückte den Knopf und die Maschine ratterte.

PING.

"Wie macht ihr das nur?", fragte Torben mit leichter Verzweiflung in der Stimme.

"Ganz einfach", sagte Emily. "Bei mal elf schreibst du einfach die Quersumme der ersten Zahl dazwischen. Also hier: Vier plus drei ist sieben, als ist das Ergebnis vier drei sieben – vierhundertsiebenunddreißig!"

"Okay, das klingt genial."

"Ach du liebe Zeit", sagte Alexander Forster, als er die nächste Aufgabe sah. "Sechsundvierzig mal sechsundvierzig!"

"Wie ging das noch ..." Julia fasste sich an die Stirn. "Sechsundvierzig ist nah an fünfzig, also haben wir fünfundzwanzig ..."

"... minus die vier macht einundzwanzig ..." ergänzte Emily, "... und dann noch ..."

"... die vier mal zwei, das ergibt sechzehn ..."

"... dann haben wir einundzwanzig und sechszehn und diese Zahlen nebeneinandergeschrieben ergeben ..."

"... zweitausendeinhundertsechszehn!", sagte Emily mit großer Überzeugung.

"Ich glaub, mir wird ein bisschen schwindlig", sagte Torben.

PING.

Alexander Forster drückte den Knopf für die nächste Aufgabe. "Die Scheiben drehen sich jetzt deutlich langsamer, vielleicht kommen wir bald zum Ende des Tests. Hmm, was bedeutet dieses Zeichen ... ah ja ... geteilt, also Division ..."

"Auch das noch", stöhnte Torben.

"Versuch's wenigstens, da gibt es auch ein paar Tricks", meinte Finn.

"Okay", sagte sein Vater, "das sieht nicht allzu schwierig aus: vierundvierzig durch sechzehn."

Die Vier überlegten.

"Zwei komma sieben fünf", sagte Finn plötzlich.

Julia nickte. "Hab ich auch raus."

Auch dieses Ergebnis stimmte. Dann kam die nächste Aufgabe.

"Sechsundsiebzig durch fünfundzwanzig", gab Alexander Forster bekannt.

Diesmal herrschte längeres Schweigen. Nach etwa fünfzehn Sekunden hörten sie, wie es in der Maschine zu ticken begann.

"Kinder, beeilt euch. Wir wissen nicht, was als Nächstes passiert, wenn wir den Test nicht–"

"Dreihundertvier", sagte Emily.

"Nein, halt!", rief Finn. "Drei *komma* null vier!"

"Richtig", stimmte Julia zu.

Emily überlegte nochmal. "Okay, ihr habt recht."

"Wieso?", fragte Torben.

"Sechsundsiebzig plus sechsundsiebzig ist hundertzweiundfünfzig und hundertzweiundfünfzig plus hundertzweiundfünfzig ist dreihundertvier", erklärte Julia. "Und das geteilt durch einhundert bedeutet zwei Kommastellen von rechts, also drei komma null vier."

"Ich geb's schnell ein, die Zeit läuft ab!", rief Alexander Forster, drehte schnell an den Rädchen und drückte den Knopf.

PING.

Alle sahen erwartungsvoll hoch zu der großen Tür, die sich aber keinen Zentimeter bewegte.

"Scheint so, als ob wir doch noch nicht ganz durch seien", sagte Alexander Forster und versuchte noch einmal, den Knopf der Rechenrätselmaschine zu betätigen. "Jetzt geht es wirklich sehr schwer ... das ist bestimmt die letzte Aufgabe ..." Er drückte den Knopf und seine Augen weiteten sich.

"Was ist los, Paps?", fragte Emily.

"Ohjemine. Das sind ... sechstausendneunhundertzwei geteilt durch sieben."

"Geteilt durch eine Zahl weiß ich noch", sagte Emily und stubste aufgeregt Julia an. "Hilf mir."

"Klar!"

"Die Sieben geht nicht in die Sechs, ergibt null. Merk dir das."

"Null."

"Bleibt sechs und die – wie viel tausend, Paps?"

"Neun!"

"Okay, eine Sechs und eine Neun ergibt neunundsechzig, da geht die Sieben neunmal rein, also merk dir die Neun ..."

"Null und neun", wiederholte Julia.

"Der Rest ist sechs und – wie waren die letzten beiden Zahlen?"

"Null und zwei", sagte ihr Vater und klang selbst immer aufgeregter.

"Okay, also sechzig, da geht die Sieben achtmal rein, also merk dir die Acht ..."

"Null und neun und acht."

"... und jetzt ist der Rest ist vier und dann noch die Zwei, also zweiundvierzig und das geht durch sieben und ergibt sechs!"

"Null und neun und acht und sechs", sagte Julia.

"Neunhundertsechsundachtzig!", rief Emily. "Das ist das Ergebnis!"

Ihr Vater schüttelte kurz den Kopf vor Staunen und stellte schnell die Räder ein und drückte ein letztes Mal – mit aller Kraft – den Knopf.

Die Rechenmaschine klickte und klackte und ratterte und …

PING.

Ein tiefes Rumpeln erfüllte den Raum und wurde lauter, sehr laut sogar. Der Boden fing an zu zittern, so dass sich alle schon mit bangen Gesichtern ansahen. Sie erschraken noch mehr, als plötzlich die Stangen, die den Käfig um Alexander Forster gebildet hatten, mit einem ohrenbetäubenden *KLONG* zurück in die Erde schnellten. Im nächsten Moment knirschte es drüben in der Wand, die große verzierte Tür teilte sich und ihre Flügel schwangen langsam nach hinten auf.

"Total irre! Du hast es geschafft!", rief Torben und hob die Hand, um mit Emily abzuklatschen (die dabei ein ziemlich rotes Gesicht bekam).

"Los, kommt", sagte Finn aufgeregt, "ich will endlich wissen, welches Geheimnis sich in dieser Pyramide verbirgt."

Aber sein Vater legte ihm die Hand auf den Arm. "Wir müssen weiterhin vorsichtig sein. Es könnte immer noch Fallen geben, auch hinter dieser Tür."

"Klar, Paps."

Und so gingen sie langsam auf den Durchgang zu, über dem eine Reihe großer Zähne hing wie der Oberkiefer eines gigantischen Urzeit-Monsters. Der Raum dahinter lag im Dunkeln, so dass das einzige Licht von der Fackel kam, die Emily so hoch hielt, wie es ging. Flackernde Schatten huschten zuerst über grauen, rohen Steinboden … dann über steile Wände links und rechts, die mit weiteren Symbolen und Zeichnungen verziert waren, bunt und schillernd …

"Riecht ihr das auch?", fragte Julia plötzlich in die Stille. "Nicht so muffig wie unser Keller, aber … "

"Irgendwie nach Bäumen", sagte Finn.

"Genauer gesagt, nach Baumrinde", erklärte sein Vater und lächelte geheimnisvoll.

— 13. Kapitel: Die Schatzkammer —

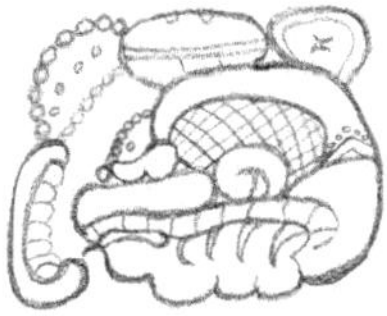

Nach nur wenigen Schritten erfasste der Schein ihrer Fackel etwas, das aussah wie eine riesige Honigwabe: Reihe um Reihe sechseckiger Löcher, die sich nach hinten bis zum Ende der Kammer erstreckten, wo sich eine weitere Wand voller Waben erhob.

"Was ist das hier?", fragte Emily mit Flüsterstimme.

"Ich hab mal einen Film gesehen", sagte Torben, "da sind aus solchen Löchern tausende von Käfern gekrochen, die dann die Forscher überfallen und auffress–"

"Das reicht, danke", rief Julia und gab ihm einen Klaps.

Emily hob die Fackel und stellte sich auf die Zehenspitzen, um so hoch wie möglich zu leuchten: Die wabenartigen Wände reichten mindestens zehn Meter in die Höhe, wobei sich die Kammer immer weiter verengte.

"Das ist die Spitze der Pyramide!", rief Torben.

"Aber wo sind die Schätze?", fragte Finn frustriert.

"Genau hier", erwiderte sein Vater mit Aufregung in der Stimme.

"Wo denn?", fragte Emily.

"Schaut euch das an." Alexander Forster trat an die erste der Öffnungen heran und zog etwas heraus, das wie eine mehrfach gefaltete Karte aussah, auf der sich der Staub vieler Jahrhunderte angesammelt hatte.

"Ist das ein altes Pergament?", fragte Julia.

"Ja und nein. Es handelt sich um eine alte Maya-Schrift, einen sogenannten Kodex, der aber nicht aus Tierhaut hergestellt wurde, sondern aus Amatl. Das ist Baumrinde, die mit Kalk bestrichen wurde, so dass die alten Maya darauf besser schreiben oder malen konnten."

"Deshalb riecht es hier nach Bäumen!", sagte Finn.

Sein Vater nickte. "Ja, herrlich! Und nun seht euch das an." Er blies den Staub von der Karte und faltete sie so vorsichtig und langsam auseinander, dass die Kids von Sekunde zu Sekunde gespannter wurden – sogar Torben, der eigentlich Kisten voller Gold und Edelsteinen erwartet hatte, jetzt aber auf den Zehenspitzen wippte, als gäbe es gleich endlos viel Schokoladeneis.

Endlich hielt Alexander Forster den Kodex in seiner ganzen Pracht hin.

"Wow", sagte Finn mit glänzenden Augen.

Emily und Julia nickten. Torben war wie eingefroren und bekam den Mund nicht mehr zu.

Was sie erblickten, ähnelte zwar den Zeichen und Symbolen, die sie auf ihrem Weg hierhin gesehen hatten, und war doch anders: Die Schriftzeichen waren teilweise aneinandergereiht, wie um einen Text zu ergeben, und auf einigen der Seiten um größere Bilder herum angeordnet.

Das Wunderbarste aber schienen die klar gezeichneten Linien und prächtigen Farben zu sein, mit denen die Schriftzeichen und Bilder ausgeschmückt waren.

"Das kann nicht alt sein", brach es aus Torben heraus. "Das sieht aus wie frisch gemalt!"

Alexander Forster nickte. Er schien schon dabei zu sein, den Text zu entziffern.

"Seht mal, da ist wieder schreibende Chaac!" Emily zeigte auf das letzte Blatt auf dieser Seite des Kodex.

"Ja, Liebes. Ich kenne nur eine weitere Abbildung, die den Maisgott so zeigt", murmelte ihr Vater, klang dabei aber ziemlich abwesend, als würde er sich auf etwas anderes konzentrieren. "Er lässt den Mais wachsen, das wichtigste Nahrungsmittel für die Maya, und er schreibt … also vermehrt er auch das Wissen. Mais ist Leben und Wissen ist Leben und … hmm … das ist … ja also hmm … grummelgrummel…"

"Paps, wir können dich nicht mehr verstehen!", rief Finn.

"Was?" Sein Vater schaute ihn erstaunt an, als würde er eben erst merken, dass Finn neben ihm stand.

"Du hast angefangen, irgendwas vor dich hin zu brubbeln!"

"Oh ja. Entschuldige. Also, das hier ist ganz klar das Vorwort."

Finns Gesicht war ein Fragezeichen.

"Das Vorwort wovon?", fragte Emily.

"Das beginne ich gerade erst zu verstehen", entgegnete ihr Vater. "Diese ersten Seiten sprechen von allen möglichen Dingen, die die Maya in ihrer Welt kannten und erforschten ... die Natur mit Bergen und Flüssen, Seen und Wäldern und alles, was darin lebt ..."

"Das sind alles Dinge aus der Natur", sagte Julia.

"Ja, du hast recht." Alexander Forster nickte bedächtig. "Genauer gesagt, sie *sind* die Natur. Und wenn ich diese ersten Seiten richtig verstehe, geht es in dem großen Kodex, den diese Kammer enthält –" er machte eine ausschweifende Geste über die Wände der großen Kammer mit all den Öffnungen und weiteren Schriften – "nicht nur um die einzelnen Elemente, die unsere Welt ausmachen, sondern auch darum, wie sie zusammenhängen. Und dieser Abschnitt hier ist wirklich erstaunlich."

Er zeigte auf den Text, der das Bild des schreibenden Chaac umgab.

"Wenn ich die Zeichen richtig entziffere, verbirgt der Kodex ein Geheimnis, das die Maya vor den spanischen Eroberern geheim halten wollten. Sie wollten es für eine Zeit aufbewahren, in der die Menschen – hoffentlich – weit genug entwickelt wären, dieses Wissen zu verstehen."

Er zögerte und betrachtete einige der Zeichen genauer.

"Was ist, Paps?", fragte Finn.

Sein Vater schüttelte den Kopf, lächelte aber dabei. "Ein englischer Wissenschaftler hat vor einigen Jahren die Theorie aufgestellt, dass–

Da explodierte über ihnen die Decke.

— 14. Kapitel: Davinas Dilemma —

Steine, Erde und Grasklumpen regneten auf sie herab. Torben schrie auf, als ihn ein scharfkantiger Stein an der Stirn traf, und Emily ließ die Fackel fallen, deren Flamme sofort im Staub erstickt wurde. Julia und Finn duckten sich in den Schutz der nächsten Wand, während Alexander Forster die Hände vor den Mund legte und nach oben rief:

"Hallo? Aufpassen! Hier unten sind Menschen!"

Noch immer fielen kleine Erdklumpen und Mauerwerk auf sie herab. Durch das Loch in der Decke strömte Sonnenlicht und Stimmen ertönten. Die Kids rappelten sich auf und wischten sich den Dreck aus Gesicht und Haaren, während Alexander Forster schnell die alte Mayaschrift zusammenfaltete und unter seinem Hemd versteckte.

"Na warte!", schimpfte Torben und kramte in seiner hinteren Hosentasche. "Jetzt ist es aber wirklich Zeit für meine Steinschleuder …"

"Hey, du blutest ja!", rief Emily und zeigte auf seine Stirn.

"Ach, das ist nichts." Er fasste sich an den Kopf und schaute dann auf seine Finger, an denen Blut klebte. Plötzlich fingen seine Augen an zu rollen und er schaukelte, nach vorn und zurück und wieder nach vorn …

"Torben", rief Emily, "nicht in Ohnmacht fallen!"

Er riss die Augen auf und grinste. "Ich hab doch gesagt, das ist nichts."

"Ach, du …", schnaubte Emily.

"Huhu!", trompetete eine durchdringende hohe Stimme von oben. "Stören wir etwa?"

Alle sahen nach oben zu dem Loch in der Decke, an dessen Rand nun die Umrisse einiger Köpfe zu sehen waren. Eine der Gestalten winkte fröhlich.

"Davina Dobbs", sagte Julia verächtlich.

"Ja, Kinder! Und ihr habt die Schatzkammer gefunden, wie toll! Einen Moment, ich komme zu euch hinunter!"

"Halt, warten Sie, Sie können doch nicht–" Bevor Alexander Forster zu Ende sprechen konnte, wurde etwas von oben herabgeworfen, so dass sie in Deckung gehen mussten – eine Strickleiter! Und tatsächlich stieg Davina Dobbs trotz lauter Proteste ihrer Sicherheitsleute als Erste in die Leiter und kam heruntergeklettert, mit erstaunlicher Geschwindigkeit.

"Wow", rutschte es Torben heraus.

"Die ist komplett irre", sagte Julia.

"Können wir nicht irgendwas tun?", fragte Finn an seinen Vater gerichtet.

Der schüttelte den Kopf. "Wir wollen nicht riskieren, dass sie hier unten noch mehr Schaden anrichtet."

"Ich kann sie mit meiner Schleuder von der Leiter schießen", meinte Torben.

"Nein", sagte Emily, "wir sind nicht so verrückt wie die."

"Ich und verrückt?", trillerte Davina Dobbs. "Ja, stimmt, ich bin verrückt, verrückt nach Altertümern!"

Etwa einen Meter über dem Boden ließ sie sich einfach fallen und landete mit einem dumpfen *Plomp* auf dem Boden der Kammer. Ihre Beine steckten nicht mehr in dem cremefarbenen Kleid und den Stöckelschuhen, sondern in Karohemd, Jeans und festen Wanderstiefeln.

Sie strahlte die vier Kids und Alexander Forster an, klatschte in die Hände und rief: "Na, und was haben wir hier?"

"Jemanden, der nichts von Archäologie versteht und alles kaputtmacht", sagte Finn laut und deutlich.

Sie verzog keine Miene und lächelte einfach weiter. "Nun, nun, immer hübsch sachte. Woher willst du wissen, dass ich nichts von Archäologie verstehe? Du kennst mich doch gar nicht!"

"Wer ein Loch in eine alte Pyramide sprengt, um an ihre Schätze zu kommen, ist ja wohl kein Wissenschaftler!", fauchte Emily.

Davina Dobbs zuckte die Schultern. "Das war nicht ich, das waren unsere mexikanischen Freunde."

"Sie haben mexikanische Freunde?", entfuhr es Alexander Forster. "Das überrascht mich."

Sie zuckte wieder die Achseln. "Wie auch immer, die Herren wurden allmählich ungeduldig. Dann gab es einen bedauerlichen Unfall an der Feuerwand, an der ihr irgendwie hochgekommen seid. Ich muss schon sagen ... – ihr Blick richtete sich wieder auf die vier Kids – "... ihr seid wirklich erstaunlich!"

"Einschleimen bringt Ihnen jetzt auch nichts", gab Julia zurück. "Hier gibt es sowieso keine Schätze für Sie."

Davina Dobbs zog die Stirn kraus. "Und wieso nicht?"

Alexander Forster räusperte sich. "Nun, wie Sie sehen, handelt es sich bei diesem Ort nicht um eine der üblichen Schatzkammern, in denen die Maya Gold und Edelsteine versteckten."

Davina Dobbs schaute enttäuscht. Doch bevor sie etwas erwidern konnte, kam noch jemand die Strickleiter heruntergerutscht – ein Mann in Militäruniform und schweren Militärstiefeln, die mit einem metallischen Geräusch auf dem Boden aufprallten. Er drehte sich um und schaute finster in die Runde. Das Hemd seiner Uniform war mit dicken Schulterstreifen und Abzeichen verziert und über der Brusttasche stand der Name DE LANDA zu lesen.

"Was ist die Verzögerung?", fragte er mit harscher Stimme. "Wozu das Gerede?"

"Ich bin nicht ganz sicher, Major de Landa", sagte Davina Dobbs. "Dieser Herr hier, ein Archäologe aus Deutschland, und seine kleine Kinderschar behaupten, dass es hier kein Gold und keine Edelschätze geben soll."

Der Major schüttelte den Kopf. "Unmöglich! Wozu Maya dann Pyramide im Boden verstecken?"

"Das ist eine gute Frage", meinte Davina Dobbs und nickte heftig.

"Wie eine dieser Puppen mit Wackelkopf", flüsterte Torben Emily zu, die ihm einen leichten Knuff mit dem Ellbogen gab.

Ihr Vater räusperte sich. "Wenn Sie sich bitte einmal hier umsehen, dann werden Sie feststellen, dass sich in dieser Kammer kein einziges Gramm Gold befindet und auch keine Diamanten oder–"

"Nein, das ist Lüge!", schnappte der Major, trat einen Schritt auf Alexander Förster zu und tippte ihm energisch auf die Brust. "Ihr habt den Schatz versteckt!"

"Ich versichere Ihnen, das ist nicht der Fall."

"Und warum Ihr Gesicht werden rot?" Der Major tippte noch einmal auf Alexander Forsters Brust, die seltsam knisterte. Die Kids hielten den Atem an, aber es war zu spät. Der Major trat einen Schritt zurück, zückte seine Pistole und rief:

"Was Sie da verstecken?"

"Ich, ähm, also ..."

"Ich zähle! Drei ... zwei ..."

"Einen Moment!", rief Davina Dobbs. "So wollen wir das nun auch nicht machen."

Sie legte ihre Hand auf die Waffe des Mexikaners, schob sie weg und sah Alexander Forster sehr konzentriert an.

"Eben haben Sie gesagt, das hier sei nicht eine der üblichen Schatzkammern der Maya. Ich denke, Sie wollten damit sagen, dass es sich um eine *unübliche* Schatzkammer der Maya handelt, habe ich recht?"

"Nun, also ..." Es war deutlich zu sehen, dass Alexander Forster nichts verraten wollte, aber wie schwer es ihm gleichzeitig fiel, nicht die Wahrheit zu sagen.

Die Hand des Majors, die die Pistole hielt, zuckte wieder.

"Sag's ihm, Paps!", stieß Emily hervor. "Es ist doch die Wahrheit, auch wenn er sie nicht versteht!"

"Also schön. Ja, gerne. Sehen Sie hier." Alexander Forster fasste unter sein Hemd.

"Halt, halt! Nix Pistole!", rief Major de Landa, dem inzwischen der Schweiß von der Stirn lief.

"Nein, nein, ich habe keine Pistole. Nur ein altes Stück Papier, genauer gesagt einen Leporello."

"Was ist das?"

Davina Dobbs seufzte. "Ein gefaltetes Dokument, auf dem die Maya ihre Geschichte festgehalten haben."

"Mich nicht interessiert Geschichte."

Sie winkte ab und wandte sich wieder an Alexander Forster. "Zeigen Sie doch mal."

Er holte das Dokument hervor, faltete es auseinander und reichte es ihr. "Sehen Sie."

Alle schwiegen, die Kids hielten sogar den Atem an. Was würde nun geschehen? Wie würde Davina Dobbs reagieren? Würde sie diesen einzigartigen und ganz besonderen Schatz an sich nehmen und alle anderen Dokumente aus der Kammer dazu? Und was würde sie mit Alexander Forster und den vier Kids tun? Sie vielleicht sogar hier unten in der Kammer einsperren und die Pyramide wieder zuschütten lassen?

Ihr Gesicht wirkte auf jeden Fall nachdenklich, während sie die Bilder und Zeichen der alten Maya studierte – und als sie die Blätter schließlich zusammenfaltete, sah es sogar noch ernster aus.

"Das stellt mich jetzt vor ein Dilemma", sagte sie.

"Was für ein Ding?", rutschte es Torben heraus.

"Eine Zwickmühle", zischte seine Schwester ihm zu.

"Was meinen Sie?", fragte Alexander Forster.

Sie seufzte wieder. "Ich ahne, dass Sie dieses Dokument nicht ohne Grund vor mir verstecken wollten, und dass es wahrscheinlich einen sehr wertvollen Fund darstellt. Leider kann ich nicht sagen, warum, weil ich kein Experte bin."

"Aber mein Vater ist einer!", rief Finn.

Davina Dobbs lächelte. Es sah nicht einmal unfreundlich aus. "Das glaube ich. Nein, ich weiß es. Aber kann ich ihm vertrauen?"

"Natürlich – klar – ja, logisch – total!", riefen die vier Kids, allerdings nicht im Chor, sondern durcheinander.

Major de Landa schnaubte wütend. "Nix vertrauen! Soll sagen, wo Schätze versteckt! Papiere, Bücher, pah! Werden wir alles verbrennen, ist nichts wert!"

"Oh je", seufzte Davina Dobbs, "das ist ein neues Dilemma."

"Was? Wie?" Der Major war rot-blau angelaufen.

"Oh-oh", meinte Torben", gleich platzt er.

Davina Dobbs lächelte wieder, was jetzt geradezu gefährlich aussah, und holte ein ziemlich klobiges Handy aus ihrer Hosentasche. Sie wandte sich an den Major.

"Wenn Sie hier unten ein Feuer legen wollen, statt mir zu helfen, diese wunderbaren Werke zu bergen, rufe ich meinen Mann an. Bis unsere Leute hier sind, dauert es keine fünfzehn Minuten. Das wissen Sie, ja?"

Major de Landa versuchte Luft zu holen, was ihm nicht besonders gut gelang.

"Und Sie wissen auch, was dann passiert, ja?", hakte Davina Dobbs nach.

Der Major schwieg einen Moment ... und platzte nicht, sondern nickte widerwillig.

"Na also", sagte Davina Dobbs und wandte sich wieder an Alexander Forster. "Würden Sie diese Bücher für mich entziffern? Mein Mann und ich werden Sie fürstlich dafür bezahlen." Sie ließ ihren Blick über die Wände schweifen, in denen mehrere Hundert Dokumente lagern mussten. "Sagen wir, zwanzigtausend Dollar? Natürlich behalten mein Mann und ich die Bücher und alle Rechte an der Übersetzung."

Alexander Forster schüttelte den Kopf. "Ich muss ablehnen, es tut mir leid. Erstens schaffe ich das nicht alleine, zweitens gehört das, was die Maya hier niedergeschrieben haben, allen Menschen. Es darf nicht länger versteckt bleiben. Wenn die Bücher übersetzt sind, gehören Sie nicht in Ihre Villa, sondern in die Museen dieser Welt."

"Und ins Internet!", rief Finn.

"Ja, das natürlich auch." Sein Vater richtete sich auf und sprach jetzt mit besonders fester Stimme. "Und das ist kein Dilemma. Es geht gar nicht anders."

Davina Dobbs zögerte. Sie schaute zuerst Alexander Forster und dann die vier Kids an, die alle zusammen den Atem anhielten. Es war ganz still in der Kammer.

Bis Finn sagte: "Bitte. Ich würde so gerne wissen, was in diesen Büchern steht."

"Und wenn Sie das möglich machen", fügte Julia hinzu, "wird Ihnen nicht nur Finn ewig dankbar sein, sondern die ganze Welt!"

Davina Dobbs' Gesicht blieb einen Moment ausdrucklos. Dann lächelte sie.

"Das habt ihr schön gesagt. Und ich denke, ihr habt recht. Es bleibt nur noch ein Problem."

"Und welches?", fragte Torben.

"Wir müssen meinen Mann von eurer Idee überzeugen."

"Kein Problem", sagte Finn, "wir kommen einfach mit und reden mit ihm."

"Außerdem kann mein Vater helfen, der kann super verhandeln", ergänzte Julia.

"Wo wohnen Sie denn eigentlich?", fragte Emily aufgeregt. "In New York?"

"Nein, in Florida."

"Ist es da cool?", fragte Torben.

Davina Dobbs lächelte wieder und sah jetzt richtig freundlich aus. "Ich fürchte, das müsst ihr selbst herausfinden. Vorausgesetzt, ihr bekommt die Erlaubnis. Was meinen Sie, Herr Forster? Wie fänden Sie es, ein paar Tage in unserer Villa mit Pool zu verbringen?"

Alexander Forster strahlte. "Das fände ich ... herrlich!"

Und alle lachten, auch Davina Dobbs.

— 15. Kapitel: Die Megamemory-Kids —

Das Sonnenlicht glitzerte auf dem Wasser des Pools, der von hier oben, aus dem großen und ziemlich stickigen Büro des Ronald Dobbs, herrlich erfrischend aussah. Die riesige Villa hatte zwar eine Klimaanlage, aber der Butler, der die vier Kids mit ihren Vätern empfangen hatte, war ganz zerknirscht gewesen; es hatte ein Problem mit der Stromversorgung gegeben, weshalb die Anlage ausgefallen und Ronald Dobbs wohl gerade nicht allerbester Laune war. (Was er angeblich sowieso nie war, hatten die Kids im Internet gelesen).

Das klang alles nicht toll, aber nun saßen sie in seinem Büro, das etwa die Größe eines halben Tennisplatzes hatte und mit ziemlich klobigen Möbeln aus glänzendem Holz ausgestattet war. Die Sessel hatten so dicke und weiche Polster, dass selbst die Kids, die ja noch nicht so schwer waren wie die Erwachsenen, ganz tief darin einsanken.

"Hey", sagte Torben, "das Ding will mich fressen!"

"Der spuckt dich garantiert wieder aus", sagte Julia.

"Kinder", sagte Herr Hansen, "benehmt euch bitte. Es steht viel auf dem Spiel jetzt. Wenn wir Herrn Dobbs nicht überzeugen, war unsere ganze Reise umsonst."

Er sah den vorwurfsvollen Blick seiner Tochter und beeilte sich hinzuzufügen: "Also natürlich nicht ganz umsonst, die Entdeckungen sind ja wirklich faszinierend. Aber wenn die Familie Dobbs alles kontrollieren oder sogar hier in ihrer Villa unter Verschluss halten will, dann wäre das … nun, es wäre …"

"Eine Katastrophe", sagte Alexander Forster bestimmt. "Schlicht und einfach."

Herr Hansen nickte heftig und tupfte sich mit seinem großen Taschentuch das Gesicht ab.

In diesem Moment kam Ronald Dobbs durch eine Seitentür herein. Er war recht groß und ziemlich stämmig – aber nicht so stämmig wie Julias und Torbens Vater – und hatte fast weiße, wild zerzauste Haare, die teilweise wie dicke Kakteenstacheln von seinem Kopf abstanden. Das konnte nicht seine normale Frisur sein …

"Ist dem der Fön explodiert?", flüsterte Torben Emily zu, die kicherte, ihm aber schnell einen Klapps auf die Schulter gab, damit er den Mund hielt.

Ronald Dobbs begrüßte Herrn Hansen und Alexander Forster mit Handschlag, nickte den Kids kurz zu und wanderte um seinen breiten Schreibtisch herum. Dort blieb er stehen und nahm eine kleine Fernbedienung zur Hand, der er auf den großen Ventilator an der Decke richtete. Er drückte ein paar Mal auf die Fernbedienung, aber der Ventilator rührte sich keinen Millimeter.

"Großartig", sagte er missmutig. "Nicht mal das funktioniert."

Er ließ sich in seinen großen Schreibtischsessel fallen und sortierte ein paar Papiere zur Seite. Bevor er etwas sagen konnte, ging erneut die Tür an der Seite des Büros auf und Davina Dobbs erschien, wieder genauso perfekt gestylt wie bei ihrer Landung im Dschungel von Yucatán. Sie setzte sich in einen kleineren Sessel neben dem riesigen Schreibtisch und lächelte den Besuchern freundlich zu. Ihr Mann schien sie gar nicht zu beachten.

"Nun", sagte er schließlich und sah zuerst Herrn Hansen und dann Alexander Forster an. "Diese Funde sind ja, zumindest auf den ersten Blick, ganz erstaunlich. Kaum zu glauben, dass sie so lange unentdeckt geblieben sind."

"Wir haben heute ganz andere Möglichkeiten als früher, um solche Ruinen zu finden", sagte Alexander Forster. "Früher mussten wir graben, heute entdecken wir vieles durch Aufnahmen, die von einem Erkundungsflugzeug aus gemacht werden."

"Sie meinen Fotos?"

"Auch, vor allem aber arbeiten wir mit Lasertechnologie. Dadurch können wir sozusagen bis auf den

Waldboden sehen, ohne den Dschungel abzuholzen."

Ronald Dobbs nickte. "Nun. Verstehe. Und so haben Sie auch diese Schriften gefunden."

"Hmm, ja, nein ... das war eher echte, alte Archäologie."

"Was meinen Sie damit?"

"Also, zuerst mussten wir schon ein wenig graben, um die Pyramide zumindest teilweise freizulegen."

"Und dann eine geheime Tür öffnen!", sagte Finn aufgeregt.

"Und dann noch eine!", ergänzte Torben. "Das hat aber nicht richtig geklappt."

"Also mussten wir einen Umweg nehmen und den Weg durch ein Labyrinth finden", sagte Julia.

"Ohne Greg Ohrstaub hätten wir das nicht geschafft", sagte Emily.

Ronald Dobbs hob die Augenbrauen. "Greg Ohrstaub? Wer ist das?"

"Er hat uns gezeigt, wie man sich lange Zahlenreihen merken kann und viele Namen und Gesichter und Zeichen und so."

"Und wie man irre Rechenaufgaben lösen kann!", ergänzte Torben und fing an zu grinsen. "Aber das können die Mädchen besser erklären."

Zum ersten Mal lächelte Ronald Dobbs ein wenig. "Da bin ich gespannt. Dann zeigt doch mal, was ihr so könnt."

"Okay", sagte Emily, "also um in die Maya-Pyramide zu kommen, mussten wir auf einer Steinzeichnung verschiedene Teile drücken, in einer bestimmten Reihenfolge. Die haben wir uns mit einer Geschichte gemerkt."

"Wie meinst du das, mit einer Geschichte?"

Torben riss den Arm hoch und schnipste mit den Fingern, wie in der Schule (obwohl die meisten Lehrer das Schnipsen ja nicht so … aber lassen wir das.)

Ronald Dobbs sah ihn mit hochgezogenen Augenbrauen an. "Was ist denn?"

"Ich kann es vormachen, das mit der Geschichte. Weiter unten in der Pyramide war ein Labyrinth, wo es immer wieder Bilder und Symbole und so gab, wo man entweder links oder rechts musste oder geradeaus. Und Herr Forster hat die Lösung gefunden und die haben wir uns mit den Bildern gemerkt und eine Geschichte draus gemacht, verstehen Sie?"

Ronald Dobbs schüttelte den Kopf.

"Ich glaube, die Geschichte hat ihnen geholfen, sich an die Route zu erinnern, die sie durch das Labyrinth nehmen sollten", erklärte seine Frau.

"Ja, genau", sagte Torben.

"Ah." Ronald Dobbs nickte. "Gut, erzähl weiter."

Herr Hansen wischte sich wieder das Gesicht ab. Es war plötzlich ganz still in dem großen, stickigen Raum.

"Also los", sagte Torben und schloss die Augen. "Ein Alien mit einer Kapuze findet einen Tennisschläger und dann erscheint ein Bildschirm, der uns die Zunge rausstreckt. Auf der Zunge liegt ein Tennisball, der rollte die Straße runter bis zu zwei großen Ohren. Da rollt ein neuer Tennisball über die Straße nach links, also laufen wir auch nach links und finden ein vierblättriges Kleeblatt. Und weil da kein Tennisball ist und auch kein Tennisschläger geht es geradeaus bis zu einem Lätzchen auf einem Tennisschläger. Es geht also nach rechts und aus dem Lätzchen haben wir einen Verband gemacht und den kriegt ein Typ mit drei Zähnen. Von dem bekommen wir als Dankeschön einen Tennisball. Darauf steckt eine Clownsmaske und die hauen wir mit einem Tennisschläger weg und es macht *bäämm* und wir sind alle explodiert und dann landet da noch der Tennisschläger. Aber spielen können wir nicht mehr, denn wir sind ja kaputt."

Er riss die Augen auf. "Hah! Und deshalb kann uns der Typ mit dem Maiskolben auch kein Autogramm mehr geben und darum war unsere Geschichte voll unlogisch!"

"*Darum* war sie unlogisch?", fragte Julia.

Torben zuckte mit den Achseln.

Ronald Dobbs räusperte sich und sah seine Frau an. "Liegt es nur an mir, dass ich es immer noch nicht verstehe? Ich habe das Gefühl, dass die Tennissachen eine Bedeutung haben, aber ..."

Davina Dobbs lächelte wieder. "Ganz bestimmt."

"Moment, ich hab's!" Zum ersten Mal lächelte jetzt auch Ronald Dobbs, wandte sich wieder an die vier Kids und deutete mit dem Zeigefinger auf Torben. "Deine Tennisschläger und dein Tennisball, die bedeuten links oder rechts, stimmt's?"

"Ja, stimmt!", sagte Torben und nickte.

"Donnerwetter. Und diese komischen Figuren in der Geschichte?"

"Das waren die Bilder und Symbole der Maya, die in dem Labyrinth angebracht waren", erklärte Finn.

"Aha. Und habt ihr noch andere Tricks drauf?"

"Wir können vedische Mathematik", platzte Emily heraus.

"Ist das diese alte Mathematik aus Indien?", fragte Davina Dobbs interessiert.

"Ja, genau."

"Und wozu habt ihr das in dieser Pyramide gebraucht?", fragte Ronald Dobbs.

"Weil die letzte Tür zur Schatzkammer nur aufging, wenn man ganz schnell schwierige Rechenaufgaben lösen konnte", sagte Torben und schüttelte den Kopf. "Voll der Horror. Und ich habe echt keine Ahnung, wie die Mädels das geschafft haben!"

Jetzt musste Ronald Dobbs ein bisschen grinsen.

"Das ist einfach eine andere Art zu rechnen", sagte Emily. "So was wie eine Abkürzung, mit der man schneller zum Ergebnis kommt. Aber rechnen muss man schon."

Torben winkte enttäuscht ab. "Also ist es doch Mathe."

"Ja, aber für manche Sachen ist es die *schnellere* Mathe", erwiderte Julia.

"Macht uns doch das mal vor", sagte Ronald Dobbs.

"Okay", sagte Emily. "Also bei einer Aufgabe mussten wir 36 mal 5 rechnen. Aber wir fangen einfacher an, mit 46 mal 5. Wie würden Sie das normalerweise rechnen?"

"Nun, ich würde vierzig mal fünf nehmen, das wären ... vier mal fünf, also zwanzig, dann hängen wir eine Null an, das ergibt zweihundert. Und dann nochmal ... was war das, *sechs*undvierzig?"

"Richtig."

"Also dann nochmal sechs mal fünf, das macht dreißig, und dann ... zweihundert plus dreißig ergibt ... zweihundertdreißig."

"Gut", sagte Emily. "Noch schneller geht es, wenn Sie sich die Zahl 46 aufschreiben oder einfach vorstellen, so als ob sie vor Ihnen in der Luft hängt. Okay? Sie können ruhig die Augen zumachen dabei."

Ronald Dobbs sah einen Moment seine Frau an, die ihm zunickte und dann selbst die Augen schloss. Ihr Mann tat es ihr nach.

"Okay, wir teilen jetzt durch zwei, Schritt für Schritt. Vier durch zwei ist ...?"

"Zwei", sagte Ronald Dobbs.

"Und sechs durch zwei ist …?"

"Drei", sagte seine Frau.

"Und die zwei und die drei und eine Null dran ergeben also…?"

"Zweihundertdreißig", sagten die beiden im Chor und rissen erstaunt die Augen auf. Ronald Dobbs nickte anerkennend.

"Das ist beeindruckend, aber sicher nicht immer so einfach, oder? Was macht man bei einer ungeraden Zahl? Die kann man ja nicht durch zwei teilen."

"Richtig", sagte Emily, "das Problem hatten wir bei der Aufgabe in der Pyramide, mit 36 mal 5."

"Bei der Drei nimmt man einfach die nächste gerade Zahl drunter", erklärte Julia. "Zwei durch zwei ergibt …"

"Eins!", rief Torben. "Das kann sogar ich!"

"Allerdings. Und von der Zwei zur Drei bleibt ein Rest von …?"

"Eins!"

"Und da hängst du die Sechs dran und dann hast du eine Sechzehn und die Sechzehn geteilt durch zwei macht …"

"Acht!"

"Okay, und alle Zahlen hintereinander mit der Null dran ergeben ..."

"Hundertachtzig!" Torben riss die Augen auf. "Ich kann Mathe!"

"Zumindest mehr als vorher", sagte sein Schwester.

Alle lachten, auch Ronald Dobbs.

"Ich muss schon sagen, ich bin von euch beeindruckt", sagte Ronald Dobbs.

"Wir sind halt die Megamemory-Kids", sagte Finn.

"Nun ..." Ronald Dobbs wirkte plötzlich wieder nachdenklicher und schaute vor sich auf seine Papiere. Der Moment wurde lang und länger. Wieder war es ganz still im Raum und die Luft inzwischen fast unerträglich heiß.

Da klickte etwas über ihnen und der Ventilator sprang an und fing an, die Luft durcheinanderzuwirbeln. Alle atmeten auf, als der Luftzug ihnen eine erste Abkühlung brachte.

"Nun, das ist doch ein Anfang", sagte Ronald Dobbs und sah von seinen Papieren auf. "Herr Forster, Herr Hansen... Ihren Vorschlag, die Werke der Maya aus der neu entdeckten Pyramide zu untersuchen und Ihre Ergebnisse der Öffentlichkeit zu präsentieren, nehme ich hiermit an. Wir werden die mexikanische Regierung dabei unterstützen, die Ausgrabungsstätte für Besucher zugänglich zu machen und ein neues Museum zu bauen. Wir werden eine weitere Ausstellung in Washington einrichten und die gesamten Leporellos einscannen und im Internet zur Verfügung stellen, kostenlos, zusammen mit Ihrer Übersetzung. Auf der Webseite werden wir ein paar Links zu unseren Produkten anbringen, wir müssen ja auch ein bisschen Geld verdienen." Er zwinkerte den Kids zu, wurde aber sofort wieder ernst. "Dies alles geschieht aber nur unter *einer* Bedingung."

Herr Hansen wischte sich nochmal über das Gesicht und steckte sein Taschentuch weg, Alexander Forster setzte sich so aufrecht hin, wie es in dem weichen Sessel möglich war. Die Kids warfen sich gespannte Blicke zu.

Ronald Dobbs zeigte auf sie, einen nach dem anderen. "Wir drehen einen kleinen Dokumentarfilm, in dem Ihre Kinder den Zuschauern erklären, wie sie die Schatzkammer entdeckt haben. Dieser Film wird dann in den neuen Ausstellungen und auf der Webseite zu sehen sein und die Kinder und Jugendlichen auf der Welt können sehen, wie interessant Archäologie ist. Was halten Sie davon?"

"Ja, also ..." Alexander Forster sah zuerst Herrn Hansen an. "Ich erinnere mich, dass sie Filmaufnahmen von den Kindern nicht so toll fanden, oder?"

Herr Hansen schnaufte. Oder war es eher ein Seufzen?

"Nun ..."

Er sah Torben und Julia an, deren Blicke eindeutig waren.

Jetzt seufzte er eindeutig. "Nun, unter diesen besonderen Umständen ... stimme ich zu."

Alexander Forster wandte sich den vier Kids zu. "Und was meint ihr dazu?"

Die Vier tauschten kurze Blicke untereinander.

Finn sprach als Erster. "Ich finde die Idee cool und bin dabei, aber nur unter *zwei* Bedingungen."

Ronald Dobbs zog wieder die Augenbrauen hoch. "Und die wären?"

"Erstens, dass Linda Lopez weiter mitmachen darf, also bei den Ausgrabungen und bei dem neuen Museum und so."

"Okay. Kein Problem."

"Und zweitens, dass Sie uns versprechen, dass Sie sich nie wieder von Leuten bei einer Ausgrabung helfen lassen, die Löcher in Pyramiden sprengen!"

Ronald Dobbs schaute wieder seine Frau an, die entschlossen nickte, sah wieder Finn an und streckte ihm über seinen gewaltigen Schreibtisch die rechte Hand entgegen. "Abgemacht!"

"Super!" Finn sprang auf und musste sich ziemlich strecken, um die Hand zu schütteln.

Und alle anderen klatschten Beifall.

"Und zuerst hatte ich gedacht, was ist diese Davina schrecklich", meinte Emily wenig später, als die vier Kids unterhalb der Terrasse am Rand des riesigen Pools saßen und frisch gepressten Orangensaft aus hohen Gläsern tranken. Familie Dobbs hatten sie dazu eingeladen, noch ein paar Tage in ihrer Villa zu verbringen; auch weil sie sich noch weiter mit den Vätern der Kids über andere Archäologie-Projekte unterhalten wollten, so wie jetzt gerade.

Das Sonnenlicht glitzerte auf dem glatten Wasser des Pools, das sich seit ihrer ersten Schwimmrunde wieder beruhigt hatte.

"Ich glaube, das war vor allem viel Show, um uns zu beeindrucken", sagte Julia. "Das tun viele Leute, die so bekannt sind wie Davina."

"Und warum?", fragte Torben. "Die müssen doch niemanden mehr beeindrucken."

"Das gehört aber irgendwie dazu", sagte Emily. "Viele Leute erwarten, dass sich Stars irgendwie komisch benehmen. Das macht sie interessanter."

"So wie die Fußballspieler, die so übertrieben jubeln", meinte Julia.

"Das tun ja nicht alle."

"Aber viele."

"Also mein Vater jubelt nie so, wenn er etwas Interessantes findet", meinte Finn. "Er sagt dann einfach nur …"

"Herrlich!", ergänzte Emily.

"Genau."

"Hallo!", ertönten plötzlich bekannte Stimmen von hinten. Die vier Kids drehten sich um und sahen ihre Väter von der Terrasse herunterkommen. Beide sahen ziemlich erschöpft aus.

"Na, was macht ihr so?", fragte Alexander Forster. "Wart ihr schon im Wasser?"

"Klar", sagte Emily. "Das ist sehr erfrischend."

"Ach ja. Zu dumm, dass ich keine Badesachen mitgebracht habe. Haben Sie daran gedacht, Herr Hansen?"

Der schüttelte den Kopf. "Es ist wirklich sehr lange her, dass ich in einem solchen Becken geschwommen bin."

"Also ganz ehrlich ..." Diesmal war es Emilys und Finns Vater, der sich den Schweiß vom Gesicht wischte. "Eine gewisse Abkühlung täte wirklich gut. Die letzten Tage waren doch sehr anstrengend. Ich glaube, ich brauche ..."

Die vier Kids sahen sich an und es dauerte eine einzige Sekunde, bis sie sich einig waren. Sie standen von ihren Liegen auf und gingen auf Alexander Forster zu.

"Was ist los?", fragte er. "Was habt ihr denn, was ..." Plötzlich weiteten sich seine Augen. "Jetzt verstehe ich! Nein, das traut ihr euch nicht, das traut ihr euch ni—"

"Und ob!", rief Torben und die vier Kids stürmten auf ihn los und schoben ihn an den Beckenrand, wo Emily ihm einen letzten Schubs gab. Einen Moment noch ruderte ihr Vater mit den Armen in der Luft und fiel dann rücklings ins Wasser.

Platsch!!

Natürlich konnte er schwimmen und tauchte schnell wieder auf, prustend wie ein (allerdings nicht sehr dickes) Walross.

"Na, wie ist das?", rief Emily. "Herrlich?"

Ihr Vater schüttelte sich. "Ja! Und schön nass!"

"Und wisst ihr, wie ich das finde?", sagte Herr Hansen plötzlich sehr laut.

Alle hielten inne und sahen ihn an. "Wie denn, Papa?", fragte Julia.

"Ungerecht!", rief er, warf das Taschentuch weg, lief auf den Beckenrand zu und sprang.

Danach waren alle nass. Und richtig glücklich, dass ihr erstes gemeinsames Abenteuer ein so cooles Ende gefunden hatte.

Entdecke das Gedächtnis- und Lerntraining mit Greg Ohrstaub – besser bekannt als Gregor Staub – auf seiner Homepage unter:

www.gregorstaub.com

Wir wünschen dir viel Spaß dabei!

die MEGA MEMORY kids